BASTEI LÜBBE

Bisher ist im Bastei-Lübbe Taschenbuch-Programm von JOHN BRUNNER nachstehender Band erschienen:

23 015 Sternenlauscher

Aus der Taschenbuchreihe SCIENCE FICTION ACTION sind nachstehende Romane erhältlich. Fragen Sie im Buch- oder Zeitschriftenhandel nach diesen Titeln:

21 135 Gary K. Wolf
Killerspiel
21 136 Jerry Pournelle
Jenseits des Gewissens
21 137 Kenneth Bulmer
Das Männlichkeits-Gen
21 138 Isaac Asimov
Lucky Starr
21 139 Gary K. Wolf
Zwischen hier
und nirgendwo
21 140 Poul Anderson/Flandry
Im Dienst der Erde
21 141 Isaac Asimov
Lucky Starr im
Asteroidengürtel
21 142 Poul Anderson
Flandry/Höllenzirkus
21 143 Isaac Asimov
Lucky Starr
auf der Venus
21 144 George Zebrowski
Asche und Sterne
21 145 Isaac Asimov
Lucky Starr im Licht
der Merkursonne
21 146 Poul Anderson
Flandry/Rebellenwelt
21 147 Isaac Asimov
Lucky Starr auf den
Jupitermonden
21 148 Poul Anderson
Die Flandry Dossiers
21 149 Isaac Asimov
Lucky Starr und
die Saturnringe
21 150 George Zebrowski
Erbe des Untergangs
21 151 Poul Anderson
Flandry/Schattenwelt
21 152 Gary K. Wolf
Aktion Gnadentod
21 153 Poul Anderson/Flandry
Am Endes des Weges
21 154 E. E. Doc Smith/
Gordon Eklund
Lord Tedric
21 155 Blish/Lowndes
Der kopierte Mann
21 156 E. E. Doc Smith
Raumpiraten
21 157 A. E. van Vogt
Das Reich der fünfzig
Sonnen
21 158 Alexei Panshin
Der galaktische Dandy
21 159 Jack Vance
Weltraum-Oper
21 160 E. E. Doc Smith
Die Raumfestung
21 161 Robert Sheckley
Planet der Verbrecher
21 162 Alexei Panshin
Die Blurb-Revolution
21 163 Karl-Heinz Prieß
Der Keogische Krieg
21 164 Poul Anderson
Der Sternenhändler
21 165 A. E. van Vogt
Haus der
Unsterblichkeit
21 166 Poul Anderson
Die Friedensstifter
21 167 Alexei Panshin
Maskenwelt

John Brunner

Die Dramaturgisten von Yan

Science Fiction-Roman

BASTEI LÜBBE

BASTEI-LÜBBE-TASCHENBUCH
Science Fiction Action
Band 21 168

Erste Auflage 1974
Zweite Auflage 1983

Deutsche Lizenzausgabe 1983
Bastei-Verlag Gustav H. Lübbe GmbH & Co., Bergisch Gladbach
Originaltitel: THE DRAMATURGES OF YAN
Ins Deutsche übertragen von: Lore Straßl
Titelillustration: Nico Keulers
Umschlaggestaltung: Quadro-Grafik, Bensberg
Druck und Verarbeitung:
Elsnerdruck GmbH, Berlin
Printed in Western Germany
ISBN 3-404-21168-5

Der Preis dieses Bandes versteht sich einschließlich der gesetzlichen Mehrwertsteuer.

I

Wie ein Silberbogen spannte der Ring von Yan sich über den nächtlichen Himmel und schoß Meteore wie blitzende Feuerpfeile in die obere Luftschicht. Müde, aber innerlich so abgespannt, daß er kaum würde schlafen können, trotzdem jedoch nicht gewillt, Zuflucht zum Schlafinduzierer zu nehmen, wenn es nicht unbedingt sein mußte, legte Dr. Yigael Lem seine Erdenkleidung ab. Er schlüpfte in ein bequemes yannisches Webgewand und geflochtene Sandalen und begab sich auf die Veranda, um den Ausblick zu genießen, der ihm gewöhnlich half, seine Gedanken zu beruhigen. Madame Pompadour, seine zahme Flauschel, die bereits in sieben Sternensystemen seine Begleiterin gewesen war, hatte natürlich erwartet, daß er sich zu Bett begeben würde, und hatte es sich schon im Schlafzimmer bequem gemacht. Als ihr klar wurde, daß er sich einstweilen ein anderes Ziel auserkoren hatte, kreischte sie empört auf, sammelte dann aber schließlich doch all ihre Energie und kam hinter ihm her. Sie bewegte sich schon etwas steif. Wie ihr Herr war auch sie nicht mehr die Jüngste.

Die milde Luft trug den Duft von Frühling mit sich, und die ersten der berühmten *i*-Blüten Yans öffneten bereits ihre Knospen. Vor einigen Jahren hatte sich Lem entschlossen, ein wenig an den mangelhaften Genen der ursprünglichen Spezies herumzudoktern, die auch die veredelten Triebe hin und wieder in ihren Zustand zurückversetzten, so daß die Blumen sich zu weiter nichts als grünen flockigen Bällen entwickelten. Er hatte aufsehenerregende Züchtungen zustande gebracht – mehr durch Glück als Geschick, wie er immer behauptete, wenn jemand seine Wunder lobte. Zwar hatte er in seiner Jugend Mediphys studiert und mit Auszeichnung in Genkorrektur abgeschnitten, sich aber seit Jahrzehnten nicht mehr damit befaßt.

Nun säumte seinen Garten eine Hecke von unübertrefflicher Pracht, selbst Sprecher Kaydad hatte sich herabgelassen, davon einen Ableger anzunehmen. Unter dem bleichen Glanz des Rings wirkten die Blüten auf ihren langgliedrigen Stengeln wie polierte Schädel, die jeden Augenblick ihre Kiefer öffnen und unbeschreibliche Wohlgerüche ausströmen würden.

Überzeugt, daß er nun eine Weile hierbleiben würde, ließ Pompy sich zufrieden schnurrend nieder, ein pelziges Fragezeichen auf den glatten Fliesen der Veranda. Ab und zu drang ein vereinzelter Laut aus den Nachbarhäusern herauf: das Aufmerksamkeit verlangende Schreien eines Kindes, Lachen, das klägliche Gedudel eines Anfängers, der sich auf einer yannischen Flöte versuchte. Aber es war schon spät, und diese Geräusche der wenigen noch wachen Menschen vermochten nicht das Rauschen des großen Flusses Smor zu übertönen.

Dr. Lems Haus stand am Kamm des höchsten Hügels der ganzen Gegend. Die Enden der bogenförmigen Veranda boten ihm auf einer Seite einen Ausblick auf die Enklave der Erdenleute, wo sich vor allem das Go-Board und die Kuppel des Informats hervorhoben, und auf der anderen auf die Stadt der Eingeborenen, Prell, deren Rückgrat der schwarze Fluß darstellte, von dem aus die steinernen Rippen der Straßen abzweigten. Von den Bugen der Gondeln, die am Isum Kai angelegt hatten, baumelten Glühkugeln wie leuchtende Früchte an windbewegten Ästen. Eine davon warf ihren Schein auf einen *Kortch*, den sargartigen Behälter, in dem ein heute oder gestern geborenes yannisches Baby von seiner Mutter fortgeschafft wurde – vielleicht flußaufwärts nach Liganig oder entlang der Küste nach Frinth. Es gab gute Gründe, warum die Yans keine Hochseeschiffer hervorbrachten – zumindest heutzutage nicht mehr. Aber die Fluß- und Küstenschiffahrt war ihnen für den Handel unentbehrlich.

Ich sollte eigentlich wissen, wessen Kind das ist. Immerhin ist eine Geburt bei den Yans ein großes Ereignis.

Doch kaum hatten sich diese Gedanken geformt, verdrängten sie andere, düsterere.

Wessen Platz es wohl einnehmen wird?

Er ärgerte sich über sich selbst. Es war nicht fair, so über *Shrimashey* auch nur zu denken. Als Psychologe sollte er wirklich unvoreingenommen sein und sich hüten, menschiche Werte auf fremde Gebräuche anzulegen. Abgesehen davon würde das Neugeborene ohnehin nicht den Platz von jemand einnehmen, den er kannte. Das Gleichgewicht würde anderswo wieder hergestellt werden, in Liganig oder Frinth oder möglicherweise noch weiter von Prell entfernt.

Es ist trotzdem eine Ironie, wenn man bedenkt, daß sie gleichzeitig mit einem Geburtsfest eine verfrühte Leichenfeier halten – für jemanden, der noch nicht tot ist, den sie nicht einmal kennen!

Entschlossen bemühte er sich, alle Gedanken auf diese Art zu verdrängen. Es war vergeblich. Wie Schatten schienen sie ihn heute zu verfolgen. Tatsächlich war das Gefühl, beschattet zu werden, so stark, daß er ungewollt herumfuhr, so als lauerte wahrhaftig eine lautlose Gefahr in seinem Rücken. Unwillkürlich fingen und hielten die hohen Kristallsäulen, deren Umrisse sich gegen die niederste Schicht des Rings abhoben – die Pfeiler der Mutine Mandala –, seinen Blick.

Die Yans ziehen es vor, einen Berg oder zwei zwischen sich und diesen Rätseln zu wissen. Darum haben sie uns nur zu gern den Boden für unsere Häuser abgetreten, vom Kamm meines Hügels bis zum entgegengesetzten Ende des Tals. Früher einmal dachte ich mir: Wie wundervoll, dieses unvergleichliche Monument vergangener Größe jeden Morgen von den ersten Strahlen der Sonne beleuchtet und jeden Mittag von dem berühmten Blitz umzuckt zu sehen! Aber jetzt …

»Pompy!« tadelte er irritiert. Die Flauschel hatte sich im Halbschlaf herumgerollt und leckte ihm die nackten Zehen mit ihrer langen bläulichen Zunge. Im Grund genommen war er jedoch erleichtert, daß sie ihn davon abgelenkt hatte, noch länger die Mandala anzustarren, einen der nächsten und vermutlich beeindruckendsten der seltsam wahllos über ganz Yan verstreuten Zeugen einer großen Vergangenheit – wahllos vermutlich jedoch nur in den Augen der Erdenmenschen, nicht aber nach dem Plan ihrer Erbauer.

Er ließ sich in einen Sessel fallen, der weder dem Fluß noch der Stadt noch den durchsichtigen bunten Dächern der Enklavenhäuser zugewandt war, die sich in unregelmäßigem Muster mit dem Zubettgehen ihrer Bewohner verdunkelten, sondern ihm einen Blick auf die nördliche Bergkette gestattete. Dort an der Flanke des Fleybergs zog ein Eisfleck das Leuchten des Rings an wie ein weißer Edelstein in dem aufgesteckten schwarzen Haar einer Königin. Das war jene Stelle zwischen dem ewigen Eis, wo der Fluß Smor sich seinen Weg an die Oberfläche brach. Den weinenden Gletscher nannten ihn die Yans.

O ja, auch sie weinten, aber das war nicht das Ungewöhnlichste ihrer Ähnlichkeit mit den Menschen.

Zu seiner Linken und Rechten lag das bewohnbare Land: die fruchtbaren Ebenen von Rhee, kreuz und quer von Feldern und Obstplantagen durchzogen, deren Anordnung sich seit Jahrtausenden nicht geändert hatte; das sanfthügelige Heideland von Hom mit seinen Nußbäumen und den Herden von scheuen rotwildähnlichen Tieren mit langen, buschigen silbergrauen Schweifen; das schräg abfallende Plateau von Blaw, wo pilzähnliche Pflanzen in großen Mengen aus den zeitspröden Felsen schossen. Die Yans sammelten und trockneten ihre Sporen, um daraus ein kaffeeähnliches Getränk zu kochen, das sie Morgentrunk nannten.

In seinem Rücken und im Süden befand sich Kralgak, oder besser gesagt, das »Gefahrenland« – jene Zone, die des Nachts von den glühenden Lanzen gezeichnet wurde, in die der Ring unentwegt die Bruchstücke seiner Substanz schleuderte, die sich durch das ständige Aneinanderprallen der Trümmer nicht mehr in der Umlaufbahn hielten. Das war das gefürchtete Gebiet, pockennarbig wie das von einer Krankheit verwüstete Gesicht, in das sich weder die Yans, noch die Menschen wagten, aus Furcht, von den himmlischen Hämmern erschlagen zu werden. Weiter südlich, in der entsprechenden subtropischen Zone, lag das Land der Wilders, degenerierte Verwandte der nördlichen Yans mit einer Sprache, die sich auf ein paar primitive Silben zurückgebildet hatte. Ihr einziges Werkzeug waren Stöcke, mit denen sie nach Wurzeln gruben.

Unter seinen Füßen, an den Antipoden von Prell, dehnte sich die Wasserhemisphäre aus: der Ozean von Scand. Auch dort, unter dem äquatorialen Gürtel des Rings, donnerten die Himmelstrümmer herab und brachten die Wellen zum Kochen.

Es war besser, des Nachts nicht an Kralgak oder die Wilders zu denken, darum hatte man auch alle Häuser der Erdenenklave, die hoch genug standen, um einen Blick in diese Richtung zu gewähren, so wie das Dr. Lems gebaut – daß sie die Hauptaussicht nach Norden boten. Während er zu den paar Sternen hochblickte, die durch den Stratosphärenschleier wie vereinzelte Regentropfen auf einem Tierfell schimmerten, versuchte er, nicht daran zu denken, was diesen Planeten der herrlich funkelnde Silberbogen gekostet hatte, der sich über den Himmel spannte. Von hier gesehen, war jeder Stern von einem regenbogenartigen Heiligenschein umgeben, kleineren Ausgaben der Aureole, die den Tag über in einem vielfarbigen Schleier die Sonne umschmeichelte.

Warum entschloß ich mich hierherzukommen?

Die Frage entsprang seinem Unterbewußtsein. Sie überraschte ihn. So oft schon hatte man ihn das gefragt, denn fast jedes Jahr wanderten Fremde – gewöhnlich Jugendliche – über das Go-Board nach Yan, um weiß der Himmel was hier zu suchen. Immer häufiger besuchten diese Wandervögel ihn, den bekanntesten der länger Ansässigen, und unterhielten sich mit ihm. Es war ein eigenartiges Gefühl, bekannt zu sein – oder berüchtigt? Nein, das war ebenfalls nicht das passende Wort. Jedenfalls hatte man von ihm auch schon in anderen Teilen der Galaxis gehört.

Immer waren die Besucher ganz vernarrt in Pompy und überfütterten sie entsetzlich.

Hmmm! Wo war ich? Ah ja.

Es gab überzeugende, zurechtgelegte Gründe für seinen Entschluß, sich auf Yan niederzulassen. Wahrheitsgemäß konnte er jedoch sagen, daß er schon fast die Grenze seiner Reisefähigkeit erreicht hatte. Die Benutzung der Go-Boards war für ihn bereits eine große Anstrengung, sowohl körperlich als auch geistig. Er hatte mit Reisen aller Art zu spät begonnen, als daß er sich noch die geschmeidige Anpassung hätte aneignen können, die die Benutzung des Go-Boards angeblich zum Vergnügen machte. Außerdem war er auch geistig nicht mehr so elastisch, um Gefallen an dem ständig wechselnden Lebensstil auf den allein von Menschen bewohnten Planeten zu finden, der ihm verrückt vorkam und der von der Bevölkerung manchmal Entwicklungssprünge von Jahrhunderten vor und zurück verlangte.

Darum hatte er Ausschau nach etwas Stabilem gehalten, allerdings nach etwas, das ihm mehr als nur eine Möglichkeit gab, seine Erinnerungen zu hegen und dahinzuvegetieren. Das ländlich-friedliche Leben auf Yan hätte ihm auf jeden Fall zugesagt; daß der Planet jedoch außerdem auch noch Rätsel um Rätsel barg, die klügere Köpfe als ihn seit fast einem Jahrhundert beschäftigten, gab ihm noch einen zusätzlichen Anreiz. Zumindest konnte man hoffen, hatte er seinen jugendlichen Besuchern in fast abbittendem Ton erklärt, daß man den Rätseln hier, wo man ihnen ständig ausgesetzt war, vielleicht doch auf die Spur kam. Daraufhin nickten sie und dachten wohl darüber nach, was sie über die mysteriösen und über den ganzen Planeten verstreuten Wats, Mandalas und Menhire gehört hatten, deren Errichtung weit über die Möglichkeiten der gegenwärtigen Yans hinausging und manche – wie das Mullom Wat – sogar die der Menschheit überstiegen.

So lebte er also schon seine gut dreißig Jahre hier und plagte sich mit dem Rätsel des *Shrimashey* ab. Verzweifelt suchte er auch nach passenden Äquivalenten zu den yannischen Begriffen, welche die gleiche Funktion erfüllten, die sich sprachlich als »Wissenschaft«, »Technologie« und »Naturgesetz« bezeichnen ließen, die jedoch keinesfalls mit diesen Worten übersetzt werden konnten. Und natürlich zerquälte er sich auch den Kopf über die Yans selbst, über die Frage, wie eine so menschenähnliche Spezies, ebenso intelligent und ihre Individuen charakterlich genauso verschieden, es fertiggebracht hatte, sich schon vor Jahrtausenden für eine Lebensweise zu entscheiden, die allein sie für richtig hielt und die sie seither ohne bemerkenswerte Änderungen einhielt. Im Gegensatz zu fast allen anderen Menschen hier betrachtete Dr. Lem das jedoch nicht als Vollendung oder Erfüllung, sondern als eine, ihm allerdings auch nicht erklärbare, Erschöpfung.

Hin und wieder hatte er sich eingebildet, den Schlüssel zu all diesen Rätseln schon zum Greifen nah zu haben, so, als sähe er die Teilchen eines Puzzles, die er seit Ewigkeiten hin und her geschoben hatte, plötzlich in vernünftiger Ordnung – vielleicht nicht gleich als Ganzes, aber doch so, daß es nicht mehr schwerfallen mochte, die restlichen Steinchen einzufügen.

Aber irgendwie mußte er bisher immer wieder erkennen, daß er sich getäuscht hatte. Trotzdem wagte er nie wirklich zu hoffen, der Höhepunkt seines Aufenthalts hier auf Yan würde die Lösung der Rätsel sein. Dieser Illusion gab er sich nicht hin.

Nein, letztendlich kam ich hierher, weil …

Weil Yan gleichzeitig eine schöne und eine schreckliche Welt ist. Alles schien hier auf das Notwendigste beschränkt. Ihre Gegensätzlichkeit, von den Schrecken Kralgaks zu dem idyllischen Paradies von Hom, war nicht größer, als man sie auf jedem anderen bewohnbaren Planeten finden mochte, aber sie war von einer grandiosen Einfachheit. Jeder Bestandteil dieser gesamten Mannigfaltigkeit war einmalig: Es gab *einen* großen Ozean, *eine* öde Wüste, *eine* herrliche, gartenreiche Ebene ...

Ich fühlte mich – angezogen.

Er fuhr sich über das Gesicht und dachte unwillkürlich daran, was ihm ein Spiegel zeigen würde. Unter seiner dichten graumelierten Mähne hatten sich tiefe Falten in die Stirn gegraben. Seine Wangen war eingefallen, die Sehnen seines Halses standen hervor wie dicke Schnüre.

Ich bin alt geworden, gestand sich Dr. Lem ein. *Ich sollte beginnen, mir Gedanken zu machen, wo ich sterben möchte. Hier? Aber es ist etwas anderes, sich einen Planeten zum Sterben, nicht zum Leben auszusuchen.*

Als seine Gedanken diesen morbiden Lauf nahmen, wurde es ihm doch bewußt, daß es höchste Zeit war, Schlaf zu finden. Er drehte sich halb in seinem Sessel und streckte die Hand aus, um Pompy zum Aufstehen zu bewegen – da hielt er wie erstarrt inne. Über der fernen Silhouette der Mutine Mandala zeichnete sich die weiße Scheibe des Mondes ab.

Nur – Yan hatte keinen Mond! Schon seit fast zehntausend Jahren nicht mehr.

II

Als der unmögliche Mond aufging, stapfte Marc Simon mit düsteren Gedanken an etwas nach Hause, das eigentlich eine Soiree bei Goydel hätte sein sollen. Shyalee, seine yanische Geliebte, lief ihm ein paar Schritte voraus. Sie war ausgesprochen ungehalten über ihn.

Heute hatte er sich zu dem entscheidenen Schritt durchgerungen, dem bedeutendsten seit seinem Entschluß vor vier Jahren, die Erdenenklave zu verlassen und sich in Prells Künstlerviertel oberhalb des Flusses niederzulassen. Shyalee zu erobern, war nichts im Vergleich zu dem entscheidungsschweren Umzug in ein kleines Yanhaus mit drei Räumen und einem Bassin voll Nenuphars. Es schien ganz einfach die natürliche Folgerung zu sein.

Dauerte es schon zu lange? Bei den Yans war es nicht üblich, daß eine Frau länger als ein Jahr mit demselben Mann zusammenblieb. Einen Augenblick war er fast versucht zu glauben, eine Veränderung könnte seine Probleme möglicherweise lösen. Als er dann jedoch Shyalee im Licht einer Glühkugel über einer Haustür vor sich sah, schlank wie ein Knabe und atemberaubend schön, wußte er, daß ihn nur seine gegenwärtige Frustration überhaupt eine Trennung von ihr hatte in Betracht ziehen lassen. Sicher, es gäbe viele, die nur zu gern ihren Platz einnehmen würden. Aber er konnte sich nicht vorstellen, daß irgendeine andere eine angenehmere Gefährtin als sie sein könnte.

Obgleich …

Flüchtig überlegte er, wie es wohl sein würde, wieder ein Mädchen mit Brüsten und einfarbiger Haut zu lieben, das zwischen den Küssen nach Luft schnappen mußte. Aber das hatte nichts mit seinen Problemen zu tun. Absolut nichts. Es war unbedeutend.

Außerdem hatte er schon mehrfach die Möglichkeit gehabt und sie nicht genutzt.

Nein, was mich beschäftigt, ist …

Wenn Shyalee nur verstünde, was es ihn gekostet hatte, sich dazu durchzuringen, heute bei Goydels Soiree von seinen Übersetzungen, in denen er sich so lange spezialisiert hatte und deren Originale, davon war er überzeugt, von größeren Talenten als ihm stammten, auf eine Lesung seiner eigenen Dichtung in Yannisch überzugehen.

Und gerade da mußte *Shrimashey* stattfinden, mußten alle Anwesenden sich in diesem geistlosen Pseudotanz verlieren, der sie zwangsläufig ein paar Stufen in der Entwicklung zurückwarf!

Aber vielleicht hatte ihn das davor bewahrt, was er seinen Freunden vorzutragen beabsichtigt hatte, nichts weiter als stümperhafte Knüttelverse. Höchstwahrscheinlich hätte er es nie erfahren, denn die Yans waren immer höflich und ganz besonders zu Dichtern, und wenn es sich bei einem Poeten dann gar um einen irdischen handelte, verdoppelte sich ihre Höflichkeit noch. Wenngleich die älteren Yans die kritiklose Bewunderung der Jüngeren nicht teilten, von denen viele zu dem, was die Erdenleute »Affen« nannten, geworden waren – sie kopierten die Menschen, wo sie konnten, trugen Erdenkleidung, ahmten ihre Manieren und Gewohnheiten nach, würzten ihre eigene Sprache mit irdischen Ausdrücken –, erfreute sich alles Menschliche überall auf diesem Planeten besonderer Wertschätzung. Darum würde selbst das schlechteste Werk warm aufgenommen werden.

Es hätte auch wenig Sinn gehabt, Shyalee vorher um ihre Meinung zu fragen. Sie war von bezaubernder Schönheit, feinem Knochenbau, hatte große dunkle Augen, schlanke Arme und Beine und natürlich dieses Organ, die *caverna veneris*, dessen Gegenstück bei den menschlichen Frauen nicht mehr als eine lieblos geschaffene mechanische Imitation schien. Manchmal hatte er beinah geglaubt, es funktioniere unabhängig vom restlichen Körper, und das war auch fast wahr, denn es wurde von einem besonderen Ganglion am unteren Ende der Wirbelsäule gelenkt.

Er hatte sie mit Mühe überreden können, zu Goydel das hellblaue Gewand anzuziehen, das so fein wie Spinnweb gesponnen war und das er all ihren anderen Gewändern vorzog. Sie wollte unbedingt ein Erdenkleid tragen – eines natürlich mit einem Schlitz unter den Achseln, das ihre Atmungsorgane frei ließ. Nie wäre sie seine Geliebte geworden, wenn sie nicht geradezu alles, was mit der Erde und den Menschen zusammenhing, angebetet hätte. Der grandiosen Mutine Epik stand sie verständnislos gegenüber. Verächtlich betrachtete sie diese als antiquiert und nur für die reaktionären Älteren von Bedeutung. Aber sie hatte sich mit Marcs Interesse für yannische Dichtkunst abgefunden und betrachtete es als eine Art Opfer, das sie für die Bewunderung und auch den Neid ihrer gleichaltrigen Landsleute bringen mußte.

Paradox, dachte Marc, *nie hätte ich mich Shyalees erfreuen können, ohne diese ihre Schwäche, die mir so zuwider ist!*

Er war so wütend gewesen und zutiefst betrübt, als er feststellte, daß bei Goydel *Shrimashey* im Gang war, daß er einfach einen der Becher mit *Sheyashrim*-Droge packte, durchaus bereit, ihn in einem Zug zu leeren, obwohl er natürlich wußte, es hatte nicht dieselbe Wirkung auf Menschen wie auf Yans. Bei den Yans übernahm das untere Spinalganglion nach dem Genuß von *Sheyashrim* die Kontrolle über ihren Körper. Bei den Menschen dagegen schaltete es lediglich den Kortex für eine Weile aus, was ein unkontrollierbares Zucken der Glieder hervorrief und die Schließmuskeln öffnete. Für ihn wäre es eine symbolische Handlung gewesen. Aber Shyalee hatte ihm den Becher aus der Hand geschlagen und ihm in allen Einzelheit erklärt, welch ein Narr er war.

Stimmt. Ich würde mich vor Scham verkrochen und nach meinen Exkrementen stinkend nach Hause geschlichen haben.

Nur – und das war die Frage, wie Marc sie normalerweise vermied –, hatte sie ihn vor dieser Dummheit um seiner selbst willen bewahrt oder lediglich, weil er das wandernde Wunder dieser Welt, ein Erdenmensch, war?

Er stellte sich vor, seinem Körper zu entschweben und vom Dach des Hauses, an dem sie gerade vorbeikamen, den schlanken, fast hageren Mann zu betrachten, dessen schwarzes Haar und dunkle Hautfarbe von der Fraternisation seiner französischen Vorväter mit den Nordafrikanern zeugte. Ersteren verdankte er seinen Namen und seine Vorliebe für Wortbildungen, die so treffend und diszipliniert waren, daß die konzentrierte Bedeutung jeder einzelnen Silbe einem geradezu ins Auge sprang. Er hätte irdische Kleidung, Hemd und Kniehose, tragen können, hatte jedoch die yannische Bekleidung, den togaähnlichen *Heyk* und das *Welwa*-Cape, vorgezogen.

Er bedauerte es ungemein, daß es bei diesen Äußerlichkeiten seiner Anpassung bleiben mußte. Hin und wieder hatte er keine Wahl, als sich – so ungern er es auch tat – zur irdischen Enklave zu begeben. Zwar vermochte er die yannische Luft zu atmen, yannisches Wasser zu trinken, sich eine yannische Geliebte zu halten, deren Schönheit ihn immer mehr verzauberte, aber dies hier war keine den Menschen angepaßte Welt, darum mußte er sich des öfteren lebensnotwendige Nahrungsmittel oder Medizin besorgen und dabei die verächtlichen Blicke und das Tuscheln hinter seinem Rücken in Kauf nehmen.

Es war nicht allein sein Zusammenleben mit Shyalee, worüber die Enklavenbewohner sich aufregten, dessen war er sicher. Sie verkehrten recht freundlich mit Alice Ming, und ihre Situation war nicht viel anders, wenn auch geschlechtsmäßig umgekehrt. Sie, allerdings, war immer unter den ersten, die sich neueingetroffene Videobänder von der Bibliothek auslieh und diejenige, die eine Gruppe von Affen zu sich und ihrem Geliebten einlud, um sie gemeinsam anzusehen. Ihr yannischer Liebhaber hieß eigentlich Rayvor, zog es jedoch vor, sich Harry nennen zu lassen.

Sie demonstriert den korrekten Status ihrer Spezies, faßte Marc zusammen. *Während ich mich den Eingeborenen anpasse. Deshalb betrachtet man mich als Verräter.*

Aber welchen Sinn hat es, sich auf einem Planeten mit einer intelligenten Fremdrasse aufzuhalten, wenn man nicht versucht, sie durch engeren Kontakt verstehen zu lernen? Und das bedeutete mehr als hin und wieder ein kurzes Betterlebnis mit einem oder einer der Einheimischen. Ein Experiment, das bestimmt jeder Erwachsene der Enklave bereits ausprobiert hatte, mit Ausnahme vielleicht des alten Dr. Lem. Selbst dieser arrogante Primitivling, der von der Erde ernannte Vorsteher Chevsky. Und dabei war er noch stolz darauf, daß er kein einziges Wort Yannisch sprach.

Bedeutet es ihnen denn gar nichts, daß die Mutine Mandala bereits erhaben und kunstvoll aufragte, noch ehe Stonehenge oder die Pyramiden von Barbaren geschaffen wurden?

Vermutlich nicht. Gerade das war es jedoch, was ihn an seiner Wahlheimat am meisten faszinierte: das Bewußtsein, daß etwas Wundervolles geschaffen worden war; etwas, das einen Hauch von Endgültigkeit an sich hatte, das den unauslöschlichen Eindruck hinterließ, daß die Yans ihre Erfüllung gefunden hatten. Wie oft hatte er versucht, Shyalee und ihren Freunden seine Meinung über die so relativen Leistungen der Menschen und die bleibenden Errungenschaften der Yans darzulegen, ihnen klarzumachen, daß der wahllose Drang der Menschen nach den Sternen nicht gleichbedeutend mit ihrer Überlegenheit war, sondern daß gerade dieser Drang kein befriedigendes Finale finden konnte. Ließ sich überhaupt je ein Ende dieser Wandersucht der Menschheit absehen? Wie das sinnlose Emporranken einer Kletterpflanze hatten die Menschen sich von Stern zu Stern begeben, ohne ein endgültiges Ziel vor Augen, das ihnen das Bewußtsein schenken würde, etwas Einmaliges vollbracht zu haben, wie er es ohne Zweifel auf Yan spürte. Er war ganz sicher, daß hier eine kolossale Aufgabe – in aller Logik jene in den elf Büchern der Mutine Epik beschriebene – unternommen und vollendet worden war und daß die Yans dadurch ihren Seelenfrieden gefunden hatten.

Shyalee weigerte sich, ihm überhaupt noch zuzuhören, genau wie ihre Freunde. Es ließe sich nicht behaupten, daß sie jugendliche Rebellen waren, denn es war den Alten nie in den Sinn gekommen, ihnen mehr als ein paar bissige Bemerkungen in den Weg zu legen. Jedenfalls aber wandten sie ihrer heimischen Lebensweise den Rücken. Sie bewunderten alles Irdische, zogen Syntholon dem Webgespinst vor und die fremden Videobänder ihren eigenen feingeistigen traditionellen Unterhaltungsformen.

Statt ihn zu Goydels Soireen zu begleiten, an denen teilnehmen zu dürfen er für eine große Ehre hielt, da Goydel der derzeitig größte Kunstkenner Prells war, wäre Shyalee – das wußte er – viel lieber zu Alice Ming gegangen und hätte dort mit gespieltem Genuß an irdischen Likören genippt und den ganzen Abend mit seichter Unterhaltung, sowohl in ihrer eigenen als auch der ihr fremden Sprache zugebracht.

Sie nimmt mich in Kauf, das ist alles.

Hoffnungslosigkeit übermannte ihn einen kurzen Moment. Dann bemerkte er plötzlich, daß Shyalee vor der Tür ihres gemeinsamen Hauses auf ihn wartete, als ob sie ihr Ungehaltensein bei Goydel bereute. Er rannte die letzten Schritte, griff nach ihrer Hand und öffnete mit einem erzwungenen Lächeln die Tür für sie. Sie war nicht versperrt, denn Diebstahl und Einbruch waren Yans unvorstellbar.

Zusammen traten sie über die Schwelle ins Atrium, wo am entgegengesetzten Ende eines ovalen Bassins ein Springbrunnen zwischen den Nenupharblättern sprudelte. Das kleine yannische Standardhaus, das er bewohnte, hatte sowohl einen altrömischen als auch japanischen Einschlag. Statt über Innenwände verfügte es über Trennschirme, die sich bei warmem Wetter verschieben ließen, so daß der gepflegte Innenhof eine Erweiterung der drei einfachen kleinen Räume mit ihrer spärlichen Ausstattung und den perfekt proportionierten Ornamenten wurde. Der

Springbrunnen war seine eigene Idee gewesen, die eilig von Shyalees Freunden übernommen wurde. Erst später hatte er erkannt, daß er viel zu irritierend für die yannische Mentalität war, weil er immer und immer wieder dasselbe unveränderlich wiederholte und doch im Grund genommen nichts erreichte. Aber als ihm klargeworden war, wie wenig er hierher paßte, hatte sich Shyalee bereits so sehr an ihn gewöhnt, daß sie seine Abschaffung nicht mehr zuließ.

»Hast du Lust«, begann Shyalee in ihrer eigenen Sprache und endete in seiner, »auf einen Schlaftrunk?«

Einen kurzen Augenblick war er schrecklich verärgert. *Wie oft muß ich dir noch sagen*, dachte er, *wie sehr ich diese äffische Gewohnheit verabscheue, yannische und irdische Worte zu vermischen.* Aber er verbiß sich die Zurechtweisung und nickte, denn zu einer Antwort war er im Moment nicht fähig.

Sie verschwand im Innern, während er sich auf seinem steinernen Lieblingsplatz vor dem Bassin niederließ. Er holte aus seiner Hängetasche am Gürtel das neunte Buch der Mutine Epik heraus. Er überarbeitete gerade seine erste Übersetzung und hatte es zu Goydel mitgenommen, falls sein eigenes ...

Ich mache mir ja nur selbst was vor. Nicht »falls mein eigenes Gedicht so gut ankäme, daß sie mehr hören wollen«, sondern, falls mich mein Mut im letzten Moment verließe.

Er bewunderte die Blüten der Nenuphars, die die Frühlingswärme hervorgezaubert hatte, und murmelte ein paar Zeilen des Verses vor sich hin, der ihm am meisten zu schaffen machte.

»Beim stillen Wasser die Entscheidung formen
Beherrschen der dunklen Schöpfung fließende Strömung
Die Sanftmut schnitzen –«

Nein, das war nichts Rechtes. Es war lahm wie ein altersschwacher Ackergaul, der eine zu schwere Last zu ziehen hat. Außerdem fehlte den Worten »Sanftmut schnitzen« das Paradoxon des Originals, denn schnitzen wies auf Messer oder Meißel hin, etwas Hartes, Scharfes, während die Assoziationen der yannischen Worte ein Werkzeug andeuteten, das weicher war als das bearbeitete Material – wie Wasser, das einen Stein erodiert. Aber »erodieren« wiederum klang zu sehr nach einem langen geologischen Prozeß, während der yannische Vers klarmachte, daß es sich um einen schnellen Vorgang handelte!

»Zum Teufel!« fluchte er laut. Hatte es denn überhaupt einen Sinn weiterzumachen? Hatte es einen Sinn, die tatsächlichen geschichtlichen Ereignisse aus diesem verwirrenden Epos herauszusortieren? Zweifelsohne lag hinter den sehr greifbaren Zeugen ihrer Vergangenheit, den Menhiren, den Mandalas, den Wats und hinter den poetischen Beschreibungen der versunkenen Kontinente und dem zerborstenen Mond eine objektive Wahrheit, doch wie weit reichte sie?

Die allgemein anerkannte Meinung war auch die glaubhafteste. Danach war vor ungefähr zehntausend Jahren eine Katastrophe hereingebrochen – möglicherweise hatte ein durch das Sonnensystem ziehender Himmelskörper mit ungefähr gleicher Masse Yans Mond aus seiner Bahn gebracht, oder es hatte einen Zusammenstoß gegeben. Die Umlaufbahn des Mondes war nur sehr knapp außerhalb der Roche-Grenze gewesen. Jedenfalls hatten die Ereignisse den Mond entweder in Trümmer gerissen oder so nahe an den Planeten herangeschoben, daß er von selbst auseinanderbarst. Wie dem auch war, der Mond wurde zum Ring.

Diese Katastrophe hatte nach der glaubhaften Darstellung nicht nur den Mond zerstört, sondern auch das Vertrauen der Yans erschüttert. Aus einer strebsamen, ehrgeizigen Rasse mit beträchtlichen wissenschaftlichen Kenntnissen war eine resignierende geworden, der die Hälfte ihrer Welt dank dem Meteoritenregen nicht mehr zugänglich war und deren technische Errungenschaften dem Ruin preisgegeben waren, während sie sich selbst darauf beschränkte, am Leben zu bleiben.

Um sich über ihren Rückfall zu einer halbprimitiven Lebensweise hinwegzutrösten, um ihre Dekadenz zu entschuldigen, erfanden sie den Mythos eines vergangenen Goldenen Zeitalters. Dieses Goldene Zeitalter, erklärten sie, ließe sich nie wieder erreichen, da die größten und mächtigsten ihrer Spezies, die Genies – halb Poeten, halb Wissenschaftler –, die Menschen nannten sie »Dramaturgisten«, ein Wort, das sie extra für sie abgewandelt hatten, zur Zeit der Katastrophe untergingen. Nach dem Mythos waren es jedoch gerade diese »Dramaturgisten«, welche die Zerstörung des Mondes herbeiführten. In gewisser Weise mochte das sogar stimmen. Irgendein gefährliches Experiment – sicher nicht mit Kernenergie, denn die yannische »Wissenschaft« hatte einen völlig anderen Kurs genommen, vielleicht jedoch durch einen Eingriff in die Molekularkräfte – könnte den Yan-Trabanten zerbersten haben lassen.

Bis jetzt konnte niemand mit Sicherheit sagen, ob diese Vermutung der Wahrheit entsprach. Für die Menschen gab es etwas, das sie Wissenschaft nannten und das mit Stahl und Dampfmaschinen begonnen und zu den Go-Boards und interstellaren Schiffen geführt hatte. Aber in jedem Stadium war es, dank des menschlichen Geistes, etwas sich Weiterentwickelndes gewesen. Die Yans schlossen aus dem Erfolg einer bestimmten Entwicklung, daß er nicht wegen, sondern trotz seiner Grundvoraussetzung einer Art Magie zuzuschreiben war. Ein Mensch mochte vielleicht entgegenhalten, daß seine Ansicht die richtige war, weil seine Maschinen funktionierten, wenn er sie einschaltete. Ein Yan andererseits würde vermutlich – nicht daß er sich überhaupt auf eine Debatte dieser Art herabließ – aus dem siebten Buch der Mutine Epik zitieren und auf den Ring deuten, zum Beweis, daß auch das »die Wahrheit« war.

Er vernahm Schritte hinter sich – Shyalees. Er wandte sich um, um ihr den Becher abzunehmen, und sah sie verblüfft in den Himmel starren. Er folgte ihrem Blick – und sah den Mond.

III

Von den Einwohnern Prells, die bereits schliefen, als der Mond aufging, wachten als eine der ersten Sprecher Kaydad auf und seine gegenwärtige Matrone – um die herkömmliche Bezeichnung für eine yannische Frau zu verwenden, die mit einem Haushaltsvorstand zusammenlebte, dessen Kind nicht sie geboren hatte. (Die yannischen Familienverhältnisse sind sehr komplex.)

Ihr Sohn und seine Tochter gehörten der Gruppe siebzehn Jugendlicher an, die den Abend mit Alice Ming und Rayvor-Harry verbracht hatten. Ihre Rufe vor dem Haus weckten alle Bewohner.

Siebzehn laute Stimmen auf der Straße, über ein Gebiet von mehreren Quadratkilometern verteilt, reichten aus, durch eine Kettenreaktion sämtliche Einwohner aus ihren Betten zu reißen. Während jene, die den Mond selbst gesehen hatten, andere weckten, die noch nichts davon wußten, flammten kaum vor einer halben Stunde gelöschte Glühkugeln wieder auf, so daß die Stadt wie ein Feld phantastischer Blumen in Blau, Gelb, Rot, Grün und Weiß aufblühte. In der Enklave schienen sämtliche Erwachsene an ihren Communets zu hängen, um Freunde zu wecken oder sich eine Erklärung vom Informat einzuholen. Menschen und Yans rannten, bekleidet oder auch nicht, auf die Straßen und starrten in den Himmel.

»Deine unermüdlichen Bemühungen haben Frucht getragen«, wandte Sprecher Kaydads Matrone sich an ihn, und aus ihrer Stimme klang größter Respekt. Aber er wehrte ihre Bewunderung brüsk ab.

»Nein. Beobachte und analysiere. Das ist kein Mond!« Nur schwer vermochte er seinen Ärger und seine Enttäuschung zu verbergen.

Es mußte tatsächlich jedem, der nur ein bißchen etwas davon verstand, schon in Sekunden klar sein, daß das, was sie sahen, kein großer Himmelskörper in größter Entfernung sein konnte. Es bewegte sich viel zu schnell, was bedeutete, daß es sich sehr nahe und zwar innerhalb des Rings in einer Umlaufbahn befand. Aber trotzdem, es war riesig. Kein künstliches Objekt dieses Ausmaßes war je über Yan gesehen worden – außer vielleicht in den Tagen vor zehntausend Jahren, als ...

Aber weiter dachten die wenigsten der Beobachter.

Als er sich wieder gefangen hatte, nahm Dr. Lem seine Hände von der hölzernen Verandabrüstung, auf die er sich gestützt hatte. Etwas berührte sein linkes Bein. »Ist schon gut, altes Mädchen«, murmelte er, weil er dachte, es sei Pompy, und bückte sich, um sie zu streicheln. Aber seine Finger trafen auf kühles, glattes Metall. Verärgert erkannte er, daß die eingebauten Gesundheitsüberwachungsmechanismen ihm Beinstützen gesandt hatten. Pompy schlief noch, und ihre eleganten Barthaare vibrierten bei jedem Atemzug.

Wütend stieß er die Stützen zur Seite, um ihnen klarzumachen, daß er sie nicht benötigte. Dann berechnete er den ungefähren Durchmesser des »Mondes«, gerade als dieser sich daranmachte, ähnlich den Meteoren des Rings Zeichen seiner Gegenwart auszuschicken.

Sie begannen im fernen Norden, wo, wie auf jeder gleichartigen Welt, die Sonne die Moleküle der oberen Luftschicht in Bewegung setzte. Durch die ständig herabregnenden Ringfragmente gab es auf Yan jedoch zu allen Jahreszeiten dem Nordlicht ähnliche Erscheinungen.

Als ob ein himmlischer Finger ihnen äquatorwärts den Weg wies, ergossen sich die funkelnden Entladungen der arktischen Nacht schräg nach dem Süden. Riesige leuchtende Vorhänge schoben sich entlang dem Lauf des Smor-Flusses, glitzerten bläulich, gelblich und hin und wieder tiefrot, bis es schien, als ob sie nach oben zurückgezogen würden und sich in gigantische, doppeltinvertierte Regenbogen mit ineinanderverlaufenden und wechselnden Farben verwandelten. Auf der luftigen Bühne, für die das arktische Himmelslicht nun eine Art Bogenproszenium bildete, begann das Feuerwerk. Gasförmige Juwelen funkelten, Feuerräder drehten sich, grellweiße Blitze zuckten über die schwarz mit Silber durchzogene Kulisse der Nacht.

Dieser Phase folgte eine absolut abstrakte: Eine Reihe von eleganten Farb- und Lichtwindungen tanzte langsam in die Tiefe, wie von einem begnadeten Orgelspieler, der seinem Instrument sichtbare Töne entlockte. Das dauerte ungefähr zehn bis zwölf Minuten. Daran schloß sich eine neue Serie von phantastischen Bildern an. Ein gigantisches feuerspeiendes Monster spuckte Flammen und verschlang schließlich seinen eigenen Schwanz. Als nächstes trugen zwei Ritter mit Schwert und Schild einen Zweikampf aus und verwandelten sich allmählich in eine herrliche Blume mit blauen Blättern und einer weißen Krone. Als letztes überzog ein rotierendes, gelbglitzerndes Rad den ganzen Himmel und wurde, langsam erblassend, von der Dunkelheit geschluckt.

Mit vor Schreck so geweiteten Augen, daß sie ihre Mandelform verloren hatten, ihr sonst gelblicher Teint kalkweiß, klammerte sich Alice Ming an den Arm ihres Liebhabers Rayvor-Harry, ohne darauf zu achten, daß sie oben ohne auf dem Balkon ihres kleinen Häuschens stand und jeder der Menschen unten auf der Straße, der zufällig in ihre Richtung blickte, ihre Hängebrüste sehen konnte und sie bestimmt nicht als exotisches Wunder betrachten würde wie ihr yannischer Geliebter.

»Was – was ist das?« wimmerte sie.

Immer noch in der Erdenkleidung, die er während des Abendbesuchs der siebzehn jugendlichen Affen getragen hatte, schluckte er schwer und suchte verzweifelt nach einer Antwort, die sie nicht enttäuschen würde. Aber er fand keine.

»Ich weiß es nicht«, stieß er endlich auf yannisch heraus, weil ihm in der Aufregung die irdischen Worte entfallen waren.

»Aber eure Legenden! Eure Mythen – eure Folklore! Alle berichten sie doch von einer Zeit, als euer Planet einen Mond hatte.«

Tapfer antwortete Rayvor-Harry: »Das ist doch nur mythischer Unsinn. Wie oft hast du mir das selbst gesagt!« Aber weiter reichte seine Selbstbeherrschung nicht. Gleich nach dieser kurzen Erklärung seiner scheinbaren Skepsis begann er übergangslos eine Art Gebet zu murmeln, das allerdings nicht an irgendeine Gottheit gerichtet war – denn selbst wenn die Yans jemals göttliche Wesen verehrt hatten, waren sie inzwischen längst vergessen –, sondern an Mächte jenseits aller Kenntnisse, Wissenschaft und Glauben.

Ein weiterer Beobachter war Vetcho, der zwar unter den Yans weder einen Rang noch besonderen Status innehatte – denn allein das Wort »Autorität« war den Yans fremd –, der sich jedoch in yannisch-menschlichen Beziehungen so benahm, daß es auf dasselbe herauskam.

Seine erste Reaktion war zweifach, und zwar tatsächlich gleichzeitig – eine seiner Anatomie zuzuschreibende Fähigkeit. Ein Teil seines Ichs dachte ähnlich wie Sprecher Kaydads Matrone, daß dies ein Erfolg nach so viel Mühe war. Mit dem Rest seines Ichs fragte er sich beleidigt, warum man diesen endgültigen Schritt ohne seine Mitwirkung unternommen hatte.

Doch dann dämmerte ihm die Wahrheit, und er tat das, was bei den Yans noch am ehesten an das menschliche Fluchen herankam. Mehr oder weniger, aber viel weniger als mehr, dachte er: *Diese Teufel, diese Unholde! Bleibt uns denn gar nichts mehr? Müssen sie uns auch noch das letzte bißchen unseres Stolzes nehmen?*

Aber er war entschlossen, es nicht so weit kommen zu lassen, auch wenn sie diese neueste Verhöhnung der langen Liste von bisherigen Beleidigungen hinzufügen: daß sie sich in unmittelbarer Nähe des Mutineblitzes angesiedelt hatten, daß sie ihre Automatik um das Go-Board herum aufgebaut hatten, um die Yans am Besuch anderer Welten zu hindern, daß sie ihre Nasen in das Geheimnis der Epik steckten, daß sie ...

Als er so weit gekommen war, schloß sich ihm seine Matrone an, und er behandelte sie sehr unyannisch abweisend. Er erwähnte auch nicht, daß der Mond kein Mond war. Sollte sie doch selbst darauf kommen.

Vorsteher Chevsky schlief schnarchend seinen Rausch aus. Seine Frau Sidonie lag wach an seiner Seite, nachdem sie ein paarmal versucht hatte, ihn so zu drehen, daß sein Mund geschlossen blieb. Beim letzten Versuch hatte er ihr im Schlaf einen tüchtigen Schlag versetzt, der bestimmt seine sichtbaren Spuren hinterlassen würde. Das war jedoch nicht ihr erster Mißerfolg in dieser Nacht. Sie hatte versucht, ihn zu seinen ehelichen Pflichten anzuregen, und war auf recht unfeine Weise abgewiesen worden. Nun saß sie wütend gegen ihr Kopfkissen gelehnt und haßte ihn.

Ist der Bastard vielleicht schon darüber hinaus? Oder hat er sich eine Geliebte angeschafft? Eine yannische Liebste? Aber würde eines dieser niedlichen Wesen ihn überhaupt auch nur ansehen?

Einen Augenblick reizte sie der Gedanke des feisten Körpers ihres Gatten im Liebesakt mit einem zierlichen Yanmädchen verschlungen zum Lachen. Es war einfach unvorstellbar. Aber das Lachen verging ihr schnell. Sie kannte die Antwort nur zu gut, es war durchaus möglich – die Einheimischen hatten andere Sitten.

Vielleicht sollte ich das gleiche tun?

Gab es außer Enthaltsamkeit eine andere Alternative? Keiner in der Enklave, kein menschlicher Mann würde eine

Affäre mit ihr auch nur in Betracht ziehen, dessen war sie sicher. Es lag nicht nur an ihren fünfundsechzig Jahren und daran, daß ihre Figur langsam zu wünschen übrigließ, sondern hauptsächlich daran, daß sie die Frau des Vorstehers war.

Aber die jungen Yans, diese »Affen«, sie würden sich um mich reißen. Für sie wäre ich etwas Exotisches, Wundervolles. Und Alice schwört, daß die yannische Anatomie …

Ein Blitz, ein Schimmer, ja ein ganzes Leuchtfeuer am Oberfenster. Überrascht schrie sie auf und starrte ungläubig blinzelnd hinauf. Ihr Ehegespons schnarchte friedlich weiter.

Sie drückte auf die Oberlichtkontrollen. Die Scheiben schoben sich zurück, und sie hatten nun eine direkte Aussicht auf den Himmel.

Aber das kann doch nur …! Auf Tamar, vor so vielen Jahren, ich erinnere mich …

Nein, vermutlich nur einer seiner Imitatoren. Aber ein großes Ereignis war es auf jeden Fall. Aufgeregt sprang sie aus dem Bett, wollte ihren Mann wecken, selbst auf die Gefahr hin, daß er sie wieder schlagen würde. Doch dann ließ sie es bleiben.

Nein, soll dieses besoffene Schwein doch der letzte sein, der es erfährt! Vielleicht verliert er dann seinen Posten. Mir ist es egal.

So leise wie möglich stahl sie sich aus dem Zimmer, warf sich einen Morgenrock über und bewunderte vom Balkon aus die herrliche Schau.

»Pompy, hör endlich zu winseln auf!« befahl Dr. Lem. Die Flauschel hatte sich sehr lautstark über die ungewohnte Störung des normalen Tages- beziehungsweise Nachtablaufs beschwert. Beleidigt ließ sie nun ihre Barthaare hängen und rollte sich so zusammen, daß ihre Augen unter dem dichten weichen Fell verdeckt waren, so auf die Art: *Wenn ich dich nicht sehen kann, kannst du mich auch nicht sehen!*

Wenn es nur wirklich so einfach wäre, dachte Dr. Lem und wünschte sich, das Objekt am Himmel würde verschwinden. Oh, wie sehr er es ersehnte!

Er empfand plötzlich ein völlig unerwünschtes Verantwortungsbewußtsein. Er hatte keinen offiziellen Status in der Enklave – der einzige tatsächlich amtliche Posten war Chevskys –, aber im Laufe der Zeit war er zum Ratgeber der kleinen Gemeinde geworden, und die Leute wandten sich an ihn, wenn sie Rat und Tat brauchten – und die Hilfe eines Psychiaters.

Einige der Leute sollten unbedingt so schnell wie möglich erfahren, was vor sich ging. Seine Kollegin Harriet Pokorod, die Ärztin der Enklave, beispielsweise; dann Jack und Toshi Shigaraku, das Lehrerehepaar der winzigen Erdenschule – es gab nicht sehr viele Kinder hier, entweder weil die Menschen verständlicherweise zauderten, eine größere Familie auf einem fremden Planeten zu gründen, oder auch weil die yannischen Gewohnheiten auf sie abgefärbt hatten. Außerdem Pedro Philips, der Kaufmann, und Hector Ducci, der für alles Technische innerhalb der Enklave verantwortlich war und auch für die Instandhaltung des Go-Boards.

Alle hingen jedoch offenbar bereits an ihren Communets. Zumindest bekam er bei sämtlichen Nummern das Besetztzeichen.

Vorsteher Chevsky? Der war bestimmt der erste, den man benachrichtigt hatte, und sicher hatte er alle Hände voll zu tun.

Ein wenig frustriert lehnte Dr. Lem sich in seinem Sessel zurück. Er wollte – er mußte – etwas tun, selbst wenn es nur eine Unterhaltung mit einem Freund war. Aber er könnte ja den Informat anrufen. Er drückte den Code mit zitternden Fingern und mußte feststellen, daß seine Schlußfolgerungen nicht nur stimmten, sondern daß bereits achtunddreißig Anrufer sich vor ihm nach demselben erkundigt hatten.

»Was ist es?« flüsterte Shyalee endlich, nachdem sie fast die Blutzirkulation in seinem Arm abgeschnürt hatte.

»Das ist – nun, das ist eine Art Ankündigung«, brummte Marc. Er benutzte das yannische Wort, das allerdings eine viel weitere Bedeutung als das irdische hatte, in diesem Fall jedoch durchaus nicht als Übertreibung zu bewerten war.

»Eine Ankündigung?« rief Shyalee fragend. »Das ist doch absurd. Was soll es denn ankündigen?«

»Die Ankunft ...«, Marc zögerte und fuhr sich mit dem Saum des Capes über die Stirn. »Hast du uns jemals über einen Mann namens Gregory Chart sprechen hören?« fragte er schließlich.

Mit großen Augen und offenem Mund schüttelte sie den Kopf. Diese Gebärde hatten sich die Einheimischen gleich beim ersten Kontakt mit den Erdenmenschen angewöhnt, und sie hatte sich inzwischen bei ihnen eingebürgert.

»Du wirst in Zukunft noch sehr viel von ihm hören«, seufzte Marc.

IV

Die Yans waren zwar nicht persönlich, aber als Rasse mit ähnlichem vertraut. Allerdings bildeten sich zwei Gruppen. Die eine zitierte unerklärliche Stellen aus der Mutine Epik und anderen rätselhaften Quellen und argumentierte mit der zweiten – hauptsächlich jüngeren Leuten, die diese neue Offenbarung der überlegenen menschlichen Kultur, die Verwendung des ganzen Firmaments als Reklamefläche, bewunderten. Es hatte nicht länger als eine Stunde gedauert, bis Marcs Erklärung sich über Shyalee weit über den Kreis ihrer persönlichen Freunde hinaus verbreitet hatte.

Drei X tiefer, murmelte Erik Svitra vor sich hin und schritt blau und dann purpur über das Go-Board. Er wurde langsam müde, denn die Anleitungssequenz, die er unter Hypnose gelernt hatte, schien kein Ende nehmen zu wollen. *Ein X diagonal, dann Pi zum E ...*

Das Board hatte bisher in F-Dur gesummt. Plötzlich überschüttete es ihn mit einem Eimer nichtexistenten Eiswassers und schob einen glatten Metallboden unter seine Füße. Er war durch.

Es war auch allmählich Zeit, dachte Erik. Wenn er vorher gewußt hätte, wie lange sich diese Sequenz dahinzog, hätte er sich vermutlich zweimal überlegt, die Direkttour ohne Zwischenstation auszuwählen. Aber wenigstens hatte ihn die teure Hypnoprogrammierung dorthin gebracht, wo er hinwollte. Erleichtert stellte er seinen Reisesack ab und starrte über den Rand des Boards auf den glitzernden Ring, von dem er schon so viele Bilder gesehen hatte.

Pötzlich entdeckte er etwas darunter. Einen Mond!

Was zum ...?

Er zerrte den Informatsprospekt über Yan aus der Tasche und überflog ihn zum x-tenmal. Kein Mond!

Verdammt! Sie haben mich zum falschen Planeten geschickt! Ich – ich werde diese verdammten Bastarde verklagen!

Aber erst morgen. Er war zum Umfallen müde. Als erstes mußte er sich ein Quartier besorgen. Er warf sich den Sack über die Schulter und stiefelte den Hügel hinab.

Die Neuigkeit hatte sich natürlich wie ein Lauffeuer über die ganze Enklave verbreitet, nicht nur, weil so viele den Informat um Erklärung angegangen, sondern weil einige es nicht nötig hatten. Mama Ducci, beispielsweise, war auf Ilium gewesen, als Chart seine Vorstellung gegeben hatte; Sidonie Chevsky auf Tamar; jemand anderer auf Cinula; wieder ein anderer auf Vail und so fort. Alle wollten von ihm erzählen, und niemand wollte ins Bett gehen, ehe nicht die Fantasia über ihnen bei Morgengrauen ihr Ende fand. Nur Vorsteher Chevsky schnarchte immer noch.

Gegen Sonnenaufgang setzte der »Mond« – ein Kugelraumer von fünfhundert Metern Durchmesser – auf dem Plateau von Blaw auf, daß es unter dem Gewicht fast nachzugeben schien.

Über ganz Blaw und Hom gab es seit der Katastrophe keine Erhöhung, die man ohne zu übertreiben mehr als einen Hügel hätte nennen können. Prell hatte früher ebenfalls nicht an der Smormündung gelegen, sondern diesen Platz erst eingenommen, als die Küstenstädte nach und nach vom vordringenden Wasser verschluckt worden waren. Da die Yans nicht ohne komplizierte Atemgeräte zu schwimmen vermochten, hatten sie sich nie auf einen Kampf mit der See eingelassen. Nun konnte man an einem klaren Tag von Bord eines Schiffes aus fünfzehn Kilometer außerhalb Prells auf die Ruinen eines ehemaligen Hafens hinabsehen.

Nur vage hatte Marc Simon das Kommen und Gehen mitbekommen, während er die Lichtspiele am Himmel beobachtet hatte. Er stand auf dem flachen Dach seines Hauses, wo er und Shyalee während der warmen Winterzeit oft auf yannische Art ruhten. Zuerst waren schwache Rufe heraufgedrungen, die später jedoch lauter wurden, da ja doch niemand mehr schlief. Shyalee war nach unten gegangen und hatte ihren Freunden und Nachbarn, sicher mit viel Übertreibung, erzählt, was sie von ihm wußte. Marc aber hatte sich nicht ablenken lassen. Er war ohnehin kaum eines logischen Gedankenganges fähig, da er zwischen zwei völlig entgegengesetzten Empfindungen hin und her schwankte.

Einerseits sagte man von Gregory Chart, er sei der größte kreative Künstler aller Zeiten – und bestimmt lag darin auch ein Körnchen Wahrheit, da nie in der Geschichte je ein Künstler in diesem Maßstab zu schöpfen in der Lage gewesen war. Marc selbst hatte bisher keine Gelegenheit gehabt, eine seiner Vorstellungen zu sehen. Ihre Folgen jedoch, die Jahre danach noch spürbar waren, hatte er auf Hyrax erlebt.

Natürlich würde jeder gern Zeuge einer Chart-Aufführung sein. Aber wenn sein Werk auf Hyrax ein typisches Beispiel darstellte, bedeutete sein Auftauchen hier auf Yan ...

Leichte Schritte hinter ihm und ein sanftes Schultertupfen. »Marc!« riß Shyalee ihn aus seinen Gedanken. »Goydel ist hier.«

Das war doch nicht möglich! Überrascht sprang Marc aus seiner yannischen Kauerstellung auf, für die er Monate gebraucht hatte, bis seine Beine dabei nicht mehr einschliefen. Tatsächlich, aus der ovalen Öffnung zum Dach tauchte ein wohlbekannter Kopf auf, der seines »Mäzen« – das war wohl das am nächsten kommende irdische Wort, wenngleich es hier nichts mit finanzieller Unterstützung zu tun hatte, sondern mehr bedeutete, daß Goydel ihn unter seine Fittiche genommen hatte und ihm Gelegenheit gab, sein Werk aufmerksamen Zuhörern zu rezitieren.

Gott sei Dank war nicht er derjenige, der während des Shrimasheys *getötet wurde,* dachte Marc. Offensichtlich hatte er nur eine Wunde am Kopf abbekommen, wo ihm vermutlich ein Büschel Haare ausgerissen worden war. Zumindest hatte er dort dick Salbe aufgetragen.

Unmöglich, sich diese gesetzte, würdevolle Persönlichkeit inmitten eines Haufens sich windender, ringender Körper vorzustellen. Wer wohl getötet worden ist, wenn überhaupt jemand? Einer meiner Freunde?

Aber es war gegen die guten Sitten zu fragen. Nur auf indirektem Wege ließ sich etwas erfahren. Außerdem überlebten manchmal tatsächlich alle Beteiligten.

Er schritt seinem Besucher entgegen und äußerte lautes Bedauern darüber, daß der Ältere sich die steile Treppe hinaufbegeben mußte.

»Aber nein, mein junger Freund«, beruhigte Goydel ihn

in irdischer Sprache, die er fast akzentlos beherrschte. »Ich bin lieber hier oben, glauben Sie es mir. Diese bemerkenswerten Leuchteffekte am Himmel sollte man wirklich nicht versäumen. Sagen Sie mir, stimmt es, daß sie die Ankunft eines Ihrer größten Künstler ankündigen?«

Mit sehr unyannischer Geschäftigkeit rückte Marc seinem Gast ein Kissen zurecht, flüsterte Shyalee zu, eine Kanne Morgentrunk und Gebäck zu bringen, und benahm sich überhaupt wie eine übertrieben besorgte Hausfrau, die unerwartet Besuch bekommen hat. Nachdem er sich davon überzeugt hatte, daß Goydel bequem saß, ließ er sich ihm gegenüber in mühsam entspannter yannischer Hockstellung nieder. Die Lichtspiele endeten bereits, aber der Beginn des Sonnenaufgangs im Osten ermöglichte es ihnen, einander zu sehen.

Nachdem Shyalee die Erfrischungen gebracht hatte, erwiderte Marc die Frage seines Gastes auf yannisch: »Was die Persönlichkeit betrifft, die für die Leuchterscheinungen verantwortlich ist – ja, man kann den Mann ohne weiteres als Künstler bezeichnen.«

»Und welche *Art* von Künstler ist dieser Chart?« fragte Goydel, aus Höflichkeit wieder in der Sprache seines Gastgebers.

Wie kann man das in ein paar Sätzen zusammenfassen? Es ist völlig unmöglich, egal in welcher Sprache.

Irgendwie mußte Marc die Frage doch beantworten. Nach langer Überlegung begann er: »Ich muß gestehen, daß ich ihn nie selbst erlebt habe, sondern nur mit Leuten sprach, die Zuschauer bei seinen Aufführungen waren. Ich verstehe es so, daß er ein Interpret von Dramen in kolossalem Maßstab ist. Er versucht eine Situation zu verwirklichen, so daß die Bevölkerung eines Planeten tatsächlich in ihr leben kann – solange sie sich seine Dienste zu leisten vermag. Diese Situation kann aus einem Traum, einer Ambition geschaffen werden. Oder aus einer Auswahl Dutzender zukünftiger Möglichkeiten. Ich weiß nicht, wo seine Grenzen liegen.«

»Es ist das erste Mal, seit Ihre Spezies uns gefunden hat, daß wir ein Raumschiff sehen. Er reist immer auf diese Weise, nicht wahr? Nicht über das Go-Board?«

»Nur per Raumschiff, soviel ich weiß.« Marc benetzte seine Lippen. Er fühlte sich nie recht wohl dabei, wenn er mit den Yans über interstellare Reisen sprach. So viele von ihnen beneideten die Menschen um ihre Freiheit, sich von Stern zu Stern begeben zu können, aber es bestand nun eben die strikte Bestimmung, daß nur Menschen das Go-Board betreten durften.

»Kündet er seine Ankunft immer auf die gleiche Weise an?«

»Wie ich gehört habe, tat er es zumindest auf Hyrax. Zuerst erschien ein zweiter Mond am Himmel, und dann gab es ähnliche Lichtspiele. Ich habe Bandaufnahmen davon gesehen.«

»Und welcher Art war das Thema seiner Vorstellung dort?«

»Oh – auf Hyrax war es ein Traum.« Marc verzog sein Gesicht zu einer Grimasse. »Wie glücklich die Untertanen unter der Herrschaft der Quain-Regentschaft sein sollten. Bitte fragen Sie mich nicht nach den Einzelheiten. Soviel ich weiß, engagierten die Herrscher Chart in der Annahme, er würde den Leuten einen großen Zirkus vormachen, der sie mit ihrem Zustand versöhnte, und erwarteten, daß ihre Untertanen danach glücklich wären und sie noch mehr ausgebeutet werden könnten, um Charts Honorar zu bezahlen. Seine Forderungen sind auch nicht gerade niedrig. Aber der Traum endete, und die Wirklichkeit verlangte ihr Recht – und die Menschen von Hyrax zahlen immer noch.«

Goydel nickte. Es wurde Marc bewußt, daß es gute Gründe gab, warum die Yans sofort das Charts Werken zugrunde liegende Konzept verstanden. Wenn es tatsächlich eine geschichtliche Wahrheit in der verwirrenden yanischen Folklore gab, dann bezog sie sich auf ein anderes

Ereignis, für das immer noch – nach Jahrtausenden – bezahlt werden mußte.

»Aber mit welchen Mitteln schafft er seine Effekte?« erkundigte sich Goydel.

Marc verstand diese Frage absichtlich falsch. »Nun, ich glaube, im Grund genommen ist es eine Variante der Wetterregulierungstechniken, wie sie auf manchen Planeten angewandt werden, zum Beispiel ein Eingriff in das potentielle Gefälle innerhalb der Atmosphärenschichten und das Säen von Mustern mit aktivierten Molekülen ...«

Seine Stimme erstarb unter Goydels gleichgültigem Blick. Um seiner momentanen Verlegenheit Herr zu werden, trank er einen Schluck Kaffee, den er statt des yannischen Morgentrunks zu sich nahm, da letzterer ascorbinsäurefeindlich war und Menschen nach seinem Genuß skorbutanfällig wurden.

»Wie er jedoch ganze planetare Bevölkerungen in seine Vorstellung einbezieht«, fuhr er fort und stellte seine Tasse zur Seite, »darüber weiß ich nur ganz wenig. Mit weitfächernden Techniken beginnt er emotionale Bereitschaft zu erzielen – hier ist das Wetter wieder ein Beispiel. Dann errichtet er immense Konstruktionen, welche die Reaktionen der Leute in ihrer Nähe beeinflussen, und zwar entweder allein durch ihre Farbe und Form oder durch Emanationen, die das Unterbewußtsein ansprechen. Das Drama selbst führt er mit programmierten Freiwilligen oder Androiden aus. Falls Massenmedien vorhanden sind, läßt er sich diese zur Verfügung stellen. Ich glaube, bei Bedarf wendet er auch Drogen an, die er dem Trinkwasser oder der Luft beimengt. Ich kann mir jedoch nicht vorstellen, daß jemand außer ihm selbst seine Methoden völlig versteht.«

»Ist er denn der einzige Künstler dieser Art?«

»Es gibt einige, die ihn imitieren. Aber keiner kommt ihm an Größe gleich.«

Nach einer kurzen Pause wechselte Goydel ins Yannische über. »Ich täusche mich wohl nicht in der Annahme, daß seine Ankunft Sie nicht begeistert?«

»Nein, Sie täuschen sich nicht«, erwiderte Marc. Nun erwartete er, daß der andere ihn nach dem Grund fragen würde. Aber Goydel tat nichts dergleichen. Er leerte lediglich seine Tasse, erhob sich und verabschiedete sich auf yannisch-formelle Weise.

V

Während die titanische weiße Kugel auf den zermalmten Steinen lag, als warte sie darauf, daß ein Riese daherkäme und sie wie einen Kegelball auf die Häuser Prells zurollte, fanden lebhafte Diskussionen und Argumente über das Für und Wider einer Chartschen Veranstaltung statt.

Erik Svitra war zu erschöpft gewesen, es bis zur Stadt zu schaffen. Er hatte sich nur kurz unterwegs unter einem Busch ausruhen wollen, war dabei jedoch eingeschlafen. Als er erwachte, stand die Sonne bereits schräg am Himmel, und er stellte mit Schrecken fest, daß seine wettergebräunten Beine stark angeschwollen waren und entsetzlich juckten.

O verdammt, dachte er und kramte in seinem Sack nach einem Heilspray. *Das muß ausgerechnet mir passieren. Frisch vom Board, und schon hab' ich mir eine Allergie angelacht.*

Er besprühte seine Beine mit dem Mittel und war gerade dabei, es wieder wegzupacken, als er Schritte hörte. Durch die Zweige des Busches sah er jemanden näher kommen, der offensichtlich an einer schweren Hautkrankheit litt, denn er hatte dunkle Flecken auf beiden ...

Aber nein. Er war wohl doch auf Yan gelandet, auch wenn er es wegen des Mondes stark bezweifelt hatte. Die Person, seinem Informatsprospekt nach mußte es ein Mädchen sein, hatte völlig normale yannische Färbung. Ihr folgte ein bärtiger Erdenmann, der allerdings recht merkwürdige Kleidung trug.

Erik nutzte die Gelegenheit. Er erhob sich. »Können Sie mir vielleicht sagen, wo ich ein Hotel finde?« wandte er sich an den Mann. »Und auch, bei wem ich mich anmelden soll. Ich komme direkt vom Board.«

»Anmelden?« fragte der Mann verwundert.

»Ja, anmelden. Sehen Sie, ich bin freiberuflicher Drogentester und kam hierher, um dieses Zeug auszuprobieren, dieses Shay – ich weiß nicht mehr, wie es heißt. Das muß ich anmelden und mir auch ein Quartier suchen.«

»Hier gibt es keine Hotels«, entgegnete der Mann, »und ich weiß auch nicht, ob Sie sich bei irgend jemandem anmelden müssen. Aber wenn Sie darauf bestehen, könnten Sie es bei Vorsteher Chevsky dort unten in der Enklave versuchen.« Er griff nach der Hand des Mädchens und setzte mit einem »Komm, Shyalee«, seinen Weg fort.

Erik wollte ihnen gerade nachrufen, was er von ihrer Höflichkeit einem Neuankömmling gegenüber hielt, als er den Riesenraumer entdeckte. Was, bei allen Göttern der Galaxis, hatte das zu bedeuten?

Nervös fuhr er mit der Zunge über seine Lippen und blickte sich um. Auf dem Pfad zur Stadt bemerkte er mehrere Leute, die ihm entgegenkamen. Er würde sie fragen.

Das war doch nicht möglich! Dr. Lem schnipste mit den Fingern, um Pompy zu größerer Eile anzutreiben, und kletterte auf eine meterhohe Böschung neben dem Weg, von der aus er einen besseren Überblick hatte. Es war tatsächlich ein Personenauflauf. Etwas völlig Unvorstellbares auf Yan, denn Personenansammlungen an einem Ort und zur selben Zeit waren gegen yannische Gebräuche, und Erdenmenschen gab es einschließlich der Kinder lediglich an die dreihundertzwanzig.

Aber es handelte sich wahrhaftig um eine Zusammenballung, und immer mehr Leute eilten herbei, um sich ihr anzuschließen.

Dr. Lem hatte sich nicht umgedreht, seit er sein Haus verlassen hatte. Als er es jetzt tat, entdeckte er, daß ihm Jack und Toshi Shigaraku offenbar mit sämtlichen Kindern der kleinen Enklavenschule folgten. Viele von ihnen kannten Pompy und kamen nun auf sie zugerannt.

»Was ist los?« fragte Dr. Lem, als Jack Shigaraku in Hörweite war. Der Lehrer zuckte die Achseln. »Es war einfach zwecklos, heute morgen normalen Unterricht abzuhalten. Also nahmen wir den Abschnitt ›Chart, Gregory‹ aus der Informatenzyklopädie durch, und nun machen wir einen kurzen Lehrausflug zu Charts Schiff.«

Die Kinder um sie herum strahlten über das ganze Gesicht.

Dr. Lem schloß sich der Gruppe an. »Ich habe mehrmals versucht, Chevsky zu erreichen, aber niemand beantwortete das Communet.«

»Er und Sidonie sind wahrscheinlich bereits hier«, lachte Toshi, »wie offensichtlich alle anderen.«

Vor ihnen hatte der Jubel der Kinder die Aufmerksamkeit der Yans auf sich gelenkt, die in derselben Richtung unterwegs waren. Die Yans erzogen ihre eigenen Sprößlinge nicht in Gruppen, sondern leiteten sie – angefangen mit dem Tag nach ihrer Geburt – an ein verzweigtes Netz von Verwandten weiter, das sie ohne weiteres in ein Dutzend Städte und Dörfer führen mochte, um sie nach und nach den »Lebensstil« ihrer Rasse absorbieren zu lassen. Normalerweise endete diese Art Erziehung im Alter von vierzig Jahren – einen eigenen Hausstand gründeten sie gewöhnlich erst mit fünfundvierzig. Die Yans waren eine langlebige Rasse, und ihr Lebenslauf war entsprechend verlangsamt. Sprecher Kaydad zählte ungefähr zweihundert Erdenjahre. Allerdings wurden nicht alle Yans so alt, und wenige erreichten ein höheres Alter. Shyalee, Marcs Freundin, war angeblich erst vierunddreißig. Nein, dachte Dr. Lem. Gruppen haben bei ihnen nichts mit Erziehung zu tun. Ihnen bedeuteten sie etwas völlig anderes.

Trotz der warmen Morgensonne fröstelte es ihn plötzlich.

Hector Ducci fluchte auf italienisch, in der Sprache seiner Vorväter, vor sich hin. Er war ein korpulenter Mann, mit vollem Gesicht und beeindruckendem Schnurrbart. Trotz seines Gewichts war er jedoch sehr aktiv, und er war als erster zum Landeplatz des Schiffes gekommen. Als verantwortlicher Techniker für das Go-Board und überhaupt alle technischen Einrichtungen der Enklave fühlte er sich irgendwie auch für die Landung des Schiffes verantwortlich. Nun sah es so aus, als wären ihm nicht nur alle Bewohner der Enklave, sondern auch alle Yans aus Prell gefolgt. Zu Fuß natürlich, wie es auf Yan üblich war.

Seit gut einer Stunde befand er sich bereits hier, und obwohl er über sein tragbares Communet ständig versuchte, mit dem Schiff Verbindung aufzunehmen, rührte sich einfach nichts.

Wo, zum Teufel, trieb Vorsteher Chevsky sich bloß herum? Schließlich sollte man meinen, es sei seine Aufgabe, sich um so – so eine – Krise? – ja, das war es wohl – zu kümmern.

Ducci blickte durch sein Fernglas. Immer mehr Menschen und Yans strömten herbei. Zufällig fiel sein Blick auch auf das Go-Board, und er erkannte an dem tiefblauen Schimmer, der es umgab, daß es aktiviert war.

»Zepp!« brüllte er, woraufhin sein ältester Sohn Giuseppe sich aus einer ungefähr fünfzig Meter entfernten Gruppe löste und auf seinen Vater zueilte.

»Was gibt es?« rief Giuseppe.

»Sieh nach, was da über das Board kommt!«

»Muß das sein? Ist es denn so wichtig?«

Der blaue Schimmer löste sich auf, und Ducci vermochte nun deutlich zu sehen. »Und wie wichtig!« brüllte er zurück. »Das ist das letzte, was wir zur Zeit hier brauchen können. Irgend jemand muß ihr einen Tip gegeben haben.«

»Was ist denn?« Giuseppe hatte seinen Vater erreicht und lieh sich das Fernglas aus. »Aber das ist doch nur eine Reportermaschine«, stellte er kurz darauf fest. »Was kann die schon schaden?«

»Das wirst du noch früh genug merken«, entgegnete Ducci grimmig. Er hatte sich so seine Gedanken gemacht über das, was sich hier zu entwickeln schien, und sie waren nicht gerade beruhigend. »Lauf hinüber und mach sie unschädlich.«

»Aber dazu haben wir doch kein Recht! Schließlich dürfen sie sich überall hinbegeben, solange sie nicht die Privatsphäre verletzen!«

»Ich will ja auch nicht, daß du sie außer Funktion setzt«, brauste sein Vater auf, »du sollst sie nur eine Weile aufhalten.« Er nahm sein Fernglas zurück und studierte den metallisch schimmernden eckigen Kasten mit den Spinnenbeinen, Kletterhaken und Saugfüßen. »Gott sei Dank ist es eine der alten Epsilon-Maschinen und keine der neuentwickelten Kappa oder Lambda. Sie wird eine Zeit brauchen, bis sie sich zu orientieren vermag. Geh schon, füttere sie mit irgendeinem Gerücht oder irgend etwas, das sie auf eine falsche Spur setzt. Es ist ungemein wichtig!«

Nicht gerade begeistert über diesen Auftrag, machte sich Giuseppe auf den Weg.

Das Schiff stand immer noch unbeweglich, keine Luke öffnete sich, nichts. Ducci wandte sich wieder den Herankommenden zu. Die Shigarakus näherten sich mit ihren Schulkindern und – er glaubte seinen Augen nicht zu trauen – Sprecher Kaydad persönlich mit Vetcho. Alles hatte Ducci erwartet, nur das nicht. Die Affen ja, aber doch nicht die kaum ansprechbaren Konservativen! Als er vor zehn oder elf Jahren hier ankam, hatte er versucht, sich gut mit ihnen zu stellen und ihnen die technischen Geräte zu zeigen. Aber sie hatten ihn so kühl und distanziert behandelt, daß er es schnell aufgegeben hatte.

Normalerweise war er nicht gerade ein Mensch, den Vorahnungen plagten, aber die sich entwickelnde Situation weckte Unbehagen in ihm.

Verrückter Planet! Verrückte Leute! Nicht zum erstenmal fragte Erik Svitra sich nervös, ob er tatsächlich die *Gifmak*-Nachwirkungen ganz überwunden hatte. Er hatte diese Droge, die Querverbindungen der Wahrnehmungskanäle erzeugte, auf Groseille entdeckt. Das war der große Erfolg seiner Karriere gewesen, der ihn zum freiberuflichen Testen von Drogen geführt hatte. Aber natürlich hatten sie ihn erst heilen müssen, ehe sie ihn wieder auf die Menschheit losließen. Zumindest hatten sie behauptet, er sei wieder völlig in Ordnung. In dieser verrückten Umgebung begann er jedoch daran zu zweifeln. Warum strömten all diese Leute, sowohl Menschen als auch Eingeborene, hierher, nur um ein Sternenschiff zu bewundern? Sicher, es war riesig, aber trotzdem …

Wenigstens schien er nun endlich sein Ziel erreicht zu haben. Sechs- oder achtmal hatte er nach dem Weg fragen müssen, der ihn offenbar zuerst durch den yannischen Teil der Stadt geführt hatte – zumindest sahen die kleinen einförmigen Häuser mit den flachen, eingezäunten Dächern reichlich fremdartig aus. Alle Türen hatten offengestanden, und dieser ganze Teil schien ausgestorben. Dann war er über den Hügel gekommen, und sein Reisesack wurde immer schwerer, aber der Informatsprospekt wies ja darauf hin, daß es hier keine Rollstraßen oder Antigravfahrzeuge gebe. Und schließlich hatte er die ihm einigermaßen vertrauten Häuserformen in der sogenannten »Enklave« erreicht, wenn auch diese Häuser mit ihren höchstens zwei Stockwerken geradezu armselig wirkten.

Und das hier war also die Adresse, die man ihm als das Heim des Vorstehers Chevsky genannt hatte. Das Haus war etwas größer als die übrigen, mit einem breiten Balkon und einer echt irdischen Sprechanlage an der Tür. Erik drückte auf den Knopf und fragte nach Vorsteher Chevsky. Kurz darauf hörte er im Haus jemanden brüllen: »Verdammt, Sid, sieh doch endlich nach, wer draußen ist!«

Als sich niemand namens Sid rührte, drückte Erik noch einmal auf den Knopf. Erneutes Brüllen, bis schließlich ein fetter Mann mit zerzaustem Haar und rotunterlaufenen Augen, die Erik sofort als Nachwirkung unmäßigen Alkoholgenusses und nicht die anständiger Drogen erkannte, auf dem Balkon erschien, noch damit beschäftigt, einen Gürtel um den Morgenrock zu binden.

Mit einer Spur kaum verhüllter Verachtung erkundigte Erik sich: »Sind Sie Vorsteher Chevsky?«

»Ja.« Der Mann rieb sich die Augen. »Wo zum Teufel ist denn meine Frau? Wo sind überhaupt alle?« fügte er hinzu, als er die menschenleere Straße bemerkte.

»Oh, die sind alle verrückt.« Erik zuckte die Schultern. »Die sind zur Stadt hinausgepilgert, um irgendsoein verdammtes Sternenschiff anzugaffen. Hören Sie, ich bin Erik Svitra und ...«

»Was für ein Sternenschiff?« unterbrach ihn Chevsky.

»Ich weiß es nicht!« schnaubte Erik. Dieser Planet ging ihm immer mehr auf die Nerven. Aber dann besann er sich. Schließlich hatte es keinen Zweck, es sich von vornherein mit diesem Vorsteher zu verderben. Es gab leider Welten, wo man nicht sehr viel von seinem Beruf hielt.

»Oder vielleicht weiß ich es doch. Irgendjemand, den ich nach dem Weg gefragt habe, sagte, nachts sei eine Art Leuchtshow am Himmel gewesen. Dann kam dieses Ding herunter, das einem Cart gehörte. Nein, Chart oder so ähnlich.«

Einen Augenblick blickte Chevsky ihn mit solcher Wut an, daß Erik fast befürchtete, er würde sich über den Balkon auf ihn herabstürzen. Aber dann verschwand der Vorsteher sang- und klanglos im Innern und knallte die Tür hinter sich zu.

»He!« brüllte Erik. Und noch mal: »He!« Aber Chevsky ließ sich nicht mehr blicken.

»Mist!« fluchte Erik, warf sich den Reisesack über die Schulter und schritt ziellos davon. »Je schneller ich von diesem verrückten Planeten wegkomme, desto besser!« Die Frage war nur das Wie. Ohne daß er sich etwas durch die Erprobung dieses Zeugs verdiente, das die Einheimischen *Sheyashrim* nannten, hatte er kein Geld für die teure Go-Board-Hypnoprogrammierung zu einem akzeptableren Planeten.

»Ich wollte, ich wäre nicht hierhergekommen!« seufzte er. Noch dazu, wo sein Magen vor Hunger knurrte und seine Füße schmerzten.

VI

Was wäre die beste Lösung? Sich an die Erde wenden, damit Charts Schiff gewaltsam von Yan verbannt würde? Aber er, Dr. Lem, hatte kein Recht, das zu verlangen. Das hatte vermutlich überhaupt niemand, außer möglicherweise Chevsky. Und Chart war immerhin ein sehr einflußreicher Mann und eine galaxisweite Berühmtheit! Also nicht gerade jemand, den die ferne und deshalb hier auch nicht gerade einflußreiche Erdenregierung einfach abschieben konnte.

Doch selbst wenn das möglich wäre, würde eine großangelegte Polizeiaktion, die zur Entfernung eines Schiffes dieser Größe erforderlich wäre, keinen guten Eindruck auf die Eingeborenen machen. Andererseits mochte Charts Vorhaben, was immer es auch war, noch schlimmere und noch weniger vorhersehbare Auswirkungen nach sich ziehen.

Nun, irgendeine Art von Auswirkung schien unvermeidbar. Das Leben in der Enklave war durchaus nicht vergleichbar mit dem auf den meisten von Menschen besiedelten Planeten. Es war geradezu ländlich-friedlich, ja fast idyllisch. Aber selbst der geringe Kontakt mit den Eingeborenen hatte in deren Gesellschaft eine nicht unbedeutende Veränderung verursacht. Die »Affen« waren lediglich das auffallendste, aber durchaus nicht einzige Symptom.

In dieser Richtung lag jedenfalls das Problem. Als die Menschen Yan entdeckten, hatten sie zumindest schon einige Erfahrung im Umgang mit Fremdrassen gehabt, auf die sie aufbauen konnten. Obwohl die Menschheit bisher noch auf keine anderen Intelligenzen gestoßen war, die ihre Planeten zu verlassen vermochten, hatte sie doch sieben Fremdrassen gefunden, mit denen sie sich recht gut verständigen konnte. Es gab sogar eine einleuchtende Theorie, wieso alle Zweibeiner zweiäugig und bisexuell waren.

Außerdem gab es nichthumanoide Wesen, die, wie vermutet wurde, auf irgendeine Art intelligent waren. Aber es würde eines langwierigen, geduldigen Studiums bedürfen, ehe Genaueres darüber gesagt werden konnte.

Sicher, die Yans waren verhältnismäßig glimpflich davongekommen. Ihre unwahrscheinliche Ähnlichkeit mit den Menschen hatte sie davor bewahrt, als Schaustücke oder gar zu Laborversuchen mißbraucht zu werden. Was die Menschheit über einige der anderen Fremdrassen wußte, hatte sie von Forschern erfahren, die beispielsweise von den Quains – jenen Despoten, die Chart auf Hyrax gestürzt hatte – ausgeschickt worden waren und die niemandem Rechenschaft ablegten, außer ihren Bossen. Dieses Wissen entstammte gemeinen Entführungen (»Stichproben«), psychologischer Tortur (»Streßreaktionsanalyse«) und Vergiftung (»Metabolismuserforschung«).

Und dann stellte man fest, daß Menschen und Yans miteinander geschlechtlich verkehren konnten ...

Das war nur eine der unglaublichen Tatsachen, denen man sich gegenübersah. Außerdem waren die Yans ausgesprochen friedfertig, und trotzdem ertrugen sie die Austilgung durch *Sheyashrim,* diese brutale, willkürliche und grausame Art von Bevölkerungskontrolle. Wenn man das mit menschlicher Vernunft zu deuten versuchte, würde es sich nur auf dem Umweg durch die Bezeichnungen »heilig« oder »tabu« erklären lassen. Nicht gerade das, was man von einer vernunftbegabten Spezies erwarten würde.

Aber sie waren vernunftbegabt – intelligent und selbstbewußt. Früher einmal, wie die Wats, Mandalas und Menhire bewiesen, waren sie technisch in manchen Gebieten sogar weiter fortgeschritten gewesen, als es die Menschheit jetzt war. Aber irgendwie schienen sie jegliches Interesse in dieser Richtung verloren zu haben. Seit Jahrtausenden erfreute sich ihre Gesellschaftsordnung nun schon absoluter Stabilität. Sitten und Gebräuche beherrschten sie, aber keine Regierungen. Sie kannten auch keine Verwaltung oder Beamte. Es gab lediglich eine inoffizielle Gruppe bestimmter Personen, die als *hrath* oder »optimal« angesehen wurden oder mit anderen Worten eine besondere Fähigkeit hatten, durch »Korrektheit« oder »Ehrbarkeit« auf die nächste Generation einzuwirken.

Als die Ankunft der Fremden von den Sternen sie vor ein völlig neues Problem stellte, reagierten sie sehr prompt und richtig. Sie erwählten einen aus ihren Reihen und nannten ihn *Elgadrin:* »einer-der-für-uns-spricht«.

Verwirrt blinzelte Dr. Lem. Erst jetzt bemerkte er, daß er sich, ganz in seinen Überlegungen versunken, von den Shigarakus und ihren Schulkindern getrennt hatte. Er blickte sich nach anderen um, mit denen er seine Befürchtungen teilen könnte, Ducci vielleicht oder Pedro Phillips. Aber die ihm im Augenblick nächsten waren Sprecher Kaydad und sein Begleiter Vetcho. Beide schauten in seine Richtung und verbeugten sich höflich.

Wie gern hätte er sich umgedreht und wäre davongelaufen, aber das ging natürlich nicht. Pompy, noch überglücklich von der Beachtung, die ihr die Kinder geschenkt hatten, schnurrte zu seinen Füßen. Er beneidete sie, weil so wenig sie so zufrieden zu machen vermochte.

Der Sprecher war etwas größer als der yannische Durchschnitt. Seine Größe wurde noch durch den Schopf schwarzblauen Haars hervorgehoben, der von einem der spitzen Ohren zum anderen und weiter über den Nacken zu den Achselhöhlen verlief. Das Fehlen des normal üblichen spitzzulaufenden Haarwuchses über beiden Augen war, von seiner etwas schleppenden Bewegung und der langsamen Sprache abgesehen, fast das einzige Zeichen seines hohen Alters. Natürlich wies auch er einige Narben auf, und zwei einstmals gebrochene Finger waren schief verheilt. Aber das waren die unausbleiblichen Konsequenzen von *Shrimashey* und hatten nichts mit dem Alter zu tun.

Wie alle seiner Rasse sah er auf den ersten Blick aus, als trüge er eine Maske. Seine Stirn, seine Schädeldecke und die Augenpartie waren blaß, von einer hellen Farbmischung zwischen Weiß und Braun. Beide Wangen jedoch leuchteten in einem Braunrot wie altes Mahagoni, und seine restliche Haut bedeckten handtellergroße Flekken derselben Tönung, durchzogen von unregelmäßigen Linien und dünnen Streifen einer helleren Farbe. Von seiner Pigmentation abgesehen, unterschied er sich vom menschlichen Mann durch die Haarbüschel an den Knien und Ellbogen, und wenn er unbekleidet gewesen wäre, hätte man seine Genitalien gesehen, die in gewisser Hinsicht Symbol für die ganze Reihe von Schwierigkeiten waren, die aus dem Kontakt zwischen den beiden Spezies entsprang.

Je tiefer man drang, desto ausgeprägter wurden natürlich die Unterschiede. Seine Leber-Niere befand sich vor seinem Magen; sein Herz im Becken; zu beiden Seiten davon, vor den Hüftgelenken, fanden sich die männlichen Rudimente der Zwillingsorgane, die bei den Yanfrauen eine Art

Brüste darstellten, aus denen die Neugeborenen mit einem klaren Serum aus eigenen Drüsen unmittelbar neben den Därmen genährt wurden. Seine Lungen lagen an den Seiten und bezogen die Luft direkt durch Tracheen zwischen den Rippen. Wie Dudelsäcke hatten sie ständigen Durchstrom. Die Stimme wurde durch eine Tympanalmembrane erzeugt und über eine Resonanzkammer in der Kehle weitergeleitet, was ihr ein angenehmes, wenn auch etwas monotones Timbre verlieh. In Kaydads Fall ähnelte es einem Cello, auf dem ewig die gleiche Note gestrichen wurde.

Von diesen unbedeutenden Unterschieden abgesehen, erstaunte Dr. Lem die Ähnlichkeit der beiden Spezies immer aufs neue. Gliedmaßen, Wirbelsäule, Schädel, Augen, Mund – die Zahl der Ähnlichkeiten war viel größer als die der Verschiedenheiten. *Was spielte es schon für eine Rolle,* hatte Dr. Lem immer gedacht, *daß sie stundenlang ohne Luft zu holen reden konnten? Hauptsache, ihr Gehirn formt Konzepte, die wir zu verstehen vermögen!*

Dann blickte er an dem näher kommenden Sprecher vorbei und sah die nichtwegzudenkende Gruppe von Affen, die hinter Alice Ming und ihrem Liebhaber herzog. Natürlich trugen sie alle irdische Kleidung und bemühten sich verzweifelt, die Atemschlitze im Oberteil zu verbergen. Irgendwie umgab sie ständig eine Aura von Unzufriedenheit, die Dr. Lem der Tatsache zuschrieb, daß sie zu keinem anderen Planeten reisen durften.

Vielleicht, dachte er nun, *ist das gar keine so gute Sache.*

Aber zumindest glaubte er jetzt nach einem Blick auf die Affen zu wissen, warum Sprecher Kaydad auf ihn zukam.

Kaydad ist bekannterweise konservativ, nicht so chauvinistisch wie Vetcho oder so introvertiert wie – na, wie hieß er doch gleich? – Goydel. Er ist sehr für den Status quo. Wenn jemand den Yans von Gregory Chart erzählt hat, dann wette ich, daß die Affen ausnahmslos für seine Show sind, und genau das dürfte das letzte sein, das Kaydads Generation gefällt: ein arroganter Erdling, der an ihrer geheiligten Folklore herumpfuscht!

Denn das schien das einzige zu sein, das Chart gereizt haben könnte, hierherzukommen!

Also bestand die Hoffnung, doch noch eine zufriedenstellende Lösung zu finden. Lächelnd, mit ausgestreckter Hand, schritt er auf Kaydad zu.

»Hat sich schon irgend etwas getan, Papa?« keuchte Giuseppe Ducci, während er noch auf seinen Vater zurannte.

»Sprecher Kaydad unterhält sich gerade mit Dr. Lem dort drüben«, erwiderte Ducci, ohne das Fernglas herunterzunehmen. »Und ...«

»Ich mein' doch mit dem Schiff!« unterbrach sein Sohn ihn.

»Oh, nichts.« Dann erinnerte er sich plötzlich. »Hast du die Reportermaschine abgelenkt?«

»Aber natürlich«, lachte Giuseppe. »Ich schickte sie nach Prell. Sie wird Stunden damit zubringen, herauszufinden, warum die Stadt und die Enklave menschenleer sind und welche entsetzliche Katastrophe daran schuld ist.«

»Sehr gut!« Ducci klopfte seinem Ältesten anerkennend auf die Schulter.

»Guten Morgen, Hector – Morgen Zepp«, erklang die besorgt klingende Stimme Pedro Phillips', des Kaufmanns. »Steht schon fest, daß es sich wirklich um Chart persönlich handelt?« Er war ein stattlicher Mann, bei weitem nicht so korpulent wie Ducci, mit einem munteren Lächeln auf den Lippen und mit einem scharfen Verstand.

»Ich habe versucht, mich mit dem Schiff in Verbindung zu setzen«, erwiderte Ducci und deutete auf sein tragbares Communet. »Aber es antwortet nicht.«

»Ich kann mir eigentlich gar nicht vorstellen, daß es Chart ist. Warum sollte er hierherkommen? Er bildet sich doch bestimmt nicht ein, daß wir paar Menschen in der Enklave sein Honorar zahlen können.« Phillips schüttelte zweifelnd den Kopf. »Und die Yans – auf welche Weise würden sie ihn denn bezahlen?«

Ducci nickte. Die Yans hatten zwar eine Währung, aber sie war mit einem komplexen System persönlicher Verpflichtungen verbunden und hatte nicht wie die irdische etwas mit finanziellen Transaktionen zu tun.

»Vielleicht will er Yan nur besuchen, um sich den Planeten anzusehen?« meinte Giuseppe.

»Nein«, zweifelte Phillips, »doch nicht Chart!«

Ducci nickte zustimmend. Nein, bestimmt nicht nur einen Besuch. Raumfahrt war keine gerade billige Freizeitbeschäftigung, auch nicht für jemanden wie Chart – wenn es überhaupt noch jemanden wie ihn gab –, der Verträge mit Kontinenten abschloß und als Gleichgestellter mit den Regierungshäuptern der Planeten verhandelte.

»Haben Sie schon einmal eine seiner Aufführungen gesehen?« fragte er Phillips. Der Kaufmann schüttelte verneinend den Kopf. »Ich lege auch gar keinen Wert darauf.«

»Aber ich!« rief Giuseppe. »Mama war auf Ilium, als er dorthin kam – wußten Sie das? Und sie sagt, es war einfach wundervoll!«

»Nun ja«, brummte sein Vater. »Es hängt ja auch schließlich nicht von uns ab. Haben Sie übrigens gesehen, daß Sprecher Kaydad sich mit Dr. Lem unterhält? Ich glaub', ich weiß, worüber. Die Affen möchten bestimmt gern, daß Chart seine Schau hier abzieht, aber die Alten ganz sicher nicht!«

»Ich hoffe, Sie behalten recht!« murmelte Phillips.

Weil sein Magen noch leerer war als die Enklave, hatte Erik schließlich das Risiko auf sich genommen, sich selbst zu versorgen. In einem der Häuser fand er gutgewürztes einheimisches Brot und eine Kante von etwas Käseähnlichem, scharf, aber genießbar. Er kaute mit beiden Backen, als er ein Klopfen an der Tür hörte. Er sprang auf, verschluckte sich und hustete. »Schon gut,« gelang es ihm endlich hervorzustoßen. »Ich hatte solchen Hunger, aber ich werde alles bezahlen ...«

Jetzt erst sah er, daß der Eindringling eine alte Epsilon-Reportermaschine des Typs war, dem er oft auf dem Go-Board begegnete.

Die Maschine schien sehr aufgeregt, wie den ein komplexes Muster beschreibenden, hin und her zitternden Sensoren zu entnehmen war. »Sir«, begann sie, »da Sie offenbar der einzige Überlebende eines Desasters zu sein scheinen, das die ganze Stadt entvölkert hat, bitte ich Sie, mir die Natur dieser Katastrophe zu beschreiben.«

»Katastrophe?« Erik blinzelte verwirrt. »Was für eine Katastrophe? Alle haben die Stadt verlassen, um sich ein gerade gelandetes Sternenschiff anzusehen, das – das, ich glaub', er heißt Gregory Chart, gehört. Aber ...«

Die Maschine reagierte recht eigenartig. Sie hatte ihre Sensoren eingezogen, stand einen Moment vibrierend an einem Fleck, dann drehte sie sich um ihre eigene Achse und stapfte eiligst davon.

»Was ist das nur für eine Welt«, seufzte Erik. »Macht sogar Maschinen verrückt!« Kopfschüttelnd widmete er sich wieder Brot und Käse.

VII

Das Schiff lag nun schon so lange völlig reglos, daß kaum noch einer darauf achtete. Darum kam es fast wie ein Schock, als plötzlich eine sehr laut verstärkte, aber wohlklingende Stimme ertönte.

»Guten Morgen. Hier spricht Gregory Chart. Verzeihen Sie, daß ich erst jetzt bestätige, was Sie zweifellos bereits vermuten, aber nach einer längeren interstellaren Reise müssen als erstes bestimmte wesentliche Routineobliegenheiten erledigt werden.«

Die von ihrer Aureole umgebene Sonne stand nun bereits über dem Horizont. Eigentümlicherweise hatten sich weder die Menschen noch die Yans dem Schiff weiter genähert als bis zu seinem verschwommenen Schatten, und auch nicht rundherum, sondern hauptsächlich auf der Prell zugewandten Seite in einer Art Hufeisenform. Ohne Ausnahme wandten alle ihre Blicke nun dem Schiff zu, aus dem die Stimme kam.

»Ich glaube ja – dort ist er. Ich sehe den Bekannten einer gemeinsamen Bekannten, der ein distinguiertes Mitglied Ihrer Gemeinschaft ist. Wir sind zwar leider noch nicht in der Lage, uns zu Ihnen hinauszubegeben, möchten ihn jedoch bitten, zu uns an Bord zu kommen. Wenn Herr Dr. Yigael Lem sein Gespräch beendet hat ...«

Ein Teil der Schiffshülle schob sich zurück oder löste sich auf – es geschah so schnell, daß es mit dem bloßen Auge kaum zu erkennen war. Eine blaßgraue Rampe schoß heraus wie die Zunge einer Flauschel und berührte den unregelmäßigen steinigen Boden. Rosen quollen aus der Luke und ergossen sich über die Rampe. Fanfarenklänge erschallten. Einige Affen klatschten begeistert – etwas, das sie ebenfalls den Menschen abgeschaut hatten.

Als nächstes erschien eine Ehrengarde von zwei Meter großen, schwarzuniformierten Soldaten in hohen roten Tschakos, die im Paradeschritt achtlos über die Rosen marschierten. Sie stellten sich zu je fünf links und rechts in Salutposition auf die Rampe. Trommeln erdröhnten als Ankündigung einer Truppe Musiker in enganliegenden Trikots. Die Musiker spielten einen Marsch und bezogen am Fuß der Rampe Platz.

»Wer hätte das gedacht?« staunte Giuseppe Ducci, der schon von der Beschreibung seiner Mutter von der Chart-Aufführung auf Ilium beeindruckt gewesen war. »Der alte Dr. Lem kennt jemanden so Berühmten!«

»Er kennt jemanden, der ihn kennt«, berichtigte sein Vater ihn mechanisch und starrte weiter durch sein Fernglas.

Chevsky hatte eine Ewigkeit gebraucht, sich einigermaßen repräsentabel zu machen, trotzdem ließen sich die Spuren seines Saufgelages nicht ganz verbergen, und seine Laune war nicht gerade die rosigste. Als er sich der Menschenmenge näherte, hörte er die Fanfaren. Wütend verfluchte er seine Frau, die ihn nicht geweckt hatte.

»Wir möchten Sie nicht aufhalten«, beendete Kaydad ihr Gespräch. Dr. Lem zwang sich zu einem Lächeln, weil er die Augen aller auf sich fühlte. Er verabschiedete sich von den beiden Yans und schritt fast roboterhaft auf das Schiff zu, mit Pompy wie üblich dicht auf den Fersen. Die Kugel des Schiffes ragte über ihm auf, und er hatte widersinnige Angst, sie könne über ihn hinwegrollen und ihn zermalmen. Hinter ihren Stützen sah er einen sogar im Tageslicht auffallend grellglühenden Meteor über Kralgak zischen, und er wünschte, er hätte ihn nicht bemerkt. Er schien ihm zu sehr als Omen – auch dieses Schiff war aus dem Himmel heruntergekommen!

Als er sich noch ungefähr zwanzig Meter von der Rampe entfernt befand, wandten sich ihm Ehrengarde und Musikkapelle zu und boten einen zweiten Salut dar. Optimistisch fragte er sich, ob Chart diese Art von Willkommen ausgewählt hatte, weil er Yan für einen rückständigen Planeten hielt. Es war eine magere Hoffnung, aber besser als keine.

Kaum hatte er einen Fuß auf die Rampe gesetzt, begann sie ihn und auch Pompy behutsam nach oben zu tragen. Die Flauschel preßte überrascht ihre Beine gegen das, was sie für einen stabilen Boden gehalten hatte, und beschwerte sich lautstark.

Am Ende der Rampe fand er sich nicht in einer Schleuse oder einem Gang, sondern in einer Grotte, von der Stalaktiten herunterhingen und, von einer nicht erkennbaren Lichtquelle angestrahlt, einen bezaubernden Licht- und Schatteneffekt schufen. Irgendwo rauschte Wasser, und es roch nach Zitronenblüten.

Zwischen den Steinsäulen an seinen Seiten erschienen Mädchen in schleierdünnen, wallenden Gewändern, alle von berückender Schönheit und Grazie, die ihm in hundert verschiedenen warmen, sanften Stimmen ihr Willkommen zuflüsterten. Eine hellblau Drapierte bat ihn, ihr zu folgen. Er warf noch einen Blick zurück und sah, daß die Schiffsöffnung sich geschlossen hatte, als hätte sie nie existiert.

Er wandte sich wieder dem Mädchen in Hellblau zu, um sie etwas zu fragen, und zuckte zurück. Statt ihrer befand sich ein Ungeheuer mit grünen Hauern und wie verdorbenes Fleisch schillernden Augen neben ihm. Ein penetranter Schwefelgestank drang ätzend in Nase und Kehle, und ein schrilles, eselähnliches Geschrei peinigte seine Ohren. Der feste Boden unter seinen Füßen wurde plötzlich zu schmatzendem, blubberndem Sumpf.

Dunkelheit hüllte ihn ein.

Aber seltsamerweise trippelte Pompy ungerührt, gegen seine Beine geschmiegt, weiter.

Hmm! Nach einer Weile sagte Dr. Lem laut: »Es ist zwecklos, mich beeindrucken zu wollen. Es gelingt Ihnen nicht einmal bei meiner Flauschel.«

»Oh, wirklich?« entgegnete eine halb amüsierte, halb sarkastische Stimme wie aus dem Nichts. »Na schön, dann beenden wir eben die Show. Obwohl es nicht viele Menschen gibt, denen das Vergnügen einer Chartschen Exklusivaufführung widerfährt.«

Licht flammte auf. Grotte und Mädchen waren verschwunden. Dr. Lem fand sich in einem riesigen offenen Raum, zu allen Seiten von den Trägern des Schiffes gestützt, und blickte zu einer Art gigantischen Seifenblase auf, von der das Licht herkam. Auf der ihm zugewandten Seite der durchsichtigen Kugel blickte ihm das ins Riesige vergrößerte Gesicht eines Mannes entgegen, mit einer Geiernase, tiefliegenden Augen, wulstigen, schwachglänzenden Lippen und einer Haut wie altes, geöltes

Pergament, das über nicht gerade wohlgeformte Knochen gespannt war.

Pompy gefiel das Ganze absolut nicht, und sie tat ihre Meinung auch kund.

»Sie sind also Yigael Lem«, stellte das zehn Meter hohe Gesicht fest. »Der Älteste der Erdenenklave hier. Bitte nehmen Sie doch den Schwebelift zu Ihrer Rechten.«

Das Gesicht wurde kleiner, schien sich zu entfernen. Hals und Schultern schlossen am Kopf an, dann der ganze Oberkörper und schließlich eine vollständige Gestalt, die einen flüchtigen Moment wie ein lang überfälliger, in einer leuchtenden amniotischen Flüssigkeit schwimmender Fötus wirkte.

Pompy weigerte sich mit sämtlichen Beinen, den Schwebelift zu betreten, darum hob Dr. Lem sie hoch. Er hielt sie in seinen Armen, während er die Kugel betrachtete, die Charts Bild übertrug. Er kam zu dem Schluß, daß es sich um das vordere Auge des Schiffsgehirns handelte, das als Pinealorgan in das Kranium der Schiffshülle gesenkt war. Seine gewölbte, transparente Oberfläche war mit einem Spinnennetz von nichtreflektierenden Videoschirmen überzogen. Automatisch zählte er und fand vierzig mal dreißig – zwölfhundert mögliche verschiedene Blickpunkte, die vor Chart projiziert werden konnten und ein facettiertes Bild des ganzen Planeten ergaben.

Hinter ihm befand sich seine Retina: eine vier Meter hohe Schalttafel, durch und über die Chart den Kurs seiner Illusionen akustisch, durch Berührung oder optisch lenken konnte, wie es ihm gerade gefiel. Die Antennen und Kegel der Sensoren, tastempfindlich, sonisch und auf Temperatur ansprechend – und, wie Dr. Lem vermutete, in der Lage, Impulse direkt aus dem menschlichen Nervensystem auszuwerten –, schienen feiner als die Haare eines Pelzes. Über der Plattform, auf der der Schwebelift endete, befand sich eine Galerie, von der aus eine Frau auf ihn herabschaute, auf das Geländer gestützt, mit einem salvadoranischen Zwergfalken am Handgelenk. Es war ein herrliches wildes, blutrot, grün und grau gefiedertes Tier. Seiner Haube wegen gereizt, flatterte der Merlin aufgeregt mit seinen Schwingen, daß die Glöckchen an seinem Wurfriemen klingelten. Seltsamerweise trug auch die Frau eine kapuzenartige Haube, die ihren ganzen Kopf bedeckte. Aber das war die neueste Mode auf einigen Planeten, wie Dr. Lem vor kurzem gehört hatte.

Ein weichgepolsterter Sessel erschien auf der Plattform. Charts körperlose Stimme lud Dr. Lem ein, sich darauf niederzulassen. Der Gebetene tat wie ihm geheißen und versuchte, Pompy zu beruhigen, die sich sehr über den Vogel aufregte. Die konvexe Wand, die er als Auge akzeptiert hatte, verzerrte Charts Gestalt völlig, trotzdem konnte Dr. Lem erkennen, daß Chart hager und in einen einfachen blauen Rock gehüllt war, den nur ein goldenes Monogramm schmückte.

Dr. Lem war es, als haste sein Verstand in seinem Schädel wie eine gefangene Maus hin und her, ohne einen Ausweg zu finden. Chart beobachtete ihn müßig, und die durchsichtige Kugel wirkte wie die Linse eines Mikroskops, durch die er seinen Besucher studierte.

Soll ich fragen, wer unsere gemeinsame Bekannte ist? Unbedeutend! Es gibt nur eine einzige wichtige Frage, die ich ihm stellen muß.

Endlich fand Dr. Lem seine Stimme: »Was führt Sie nach Yan, Mr. Chart?« erkundigte er sich.

»Ein Buch. Die von Marc Simon übersetzte Mutine Epik.« Chart lächelte. »Es ist sehr ungewöhnlich, heutzutage die Werke eines Dichters noch in Buchform zu veröffentlichen, finden Sie nicht auch? Aber ich habe gehört, daß das in Simons Fall der beschränkten Nachfrage zuzuschreiben ist.«

Dr. Lem streichelte die zitternde Flauschel. »Ist Ihnen der Autor persönlich bekannt?«

»Noch nicht. Aber ich habe die Absicht, ihn möglichst

umgehend kennenzulernen. Seine Verleger informierten mich, daß er nicht in der Enklave, sondern in der Yanstadt lebt. Daher vielleicht das tiefe Einfühlungsvermögen. Nach meiner unmaßgeblichen Meinung ist die Übersetzung großartig.«

Dr. Lem nickte zustimmend, aber geistesabwesend. Er fragte sich, wer wohl die gemeinsame Bekannte sein mochte, die Chart erwähnt hatte.

»Ich habe gehört, daß Simon sehr zurückgezogen lebt. Glauben Sie, daß ich möglicherweise vergebens hierhergekommen bin?«

Immer noch in seine Überlegungen versunken, sagte Dr. Lem: »Nein, ich bin überzeugt, er wird sehr erfreut darüber sein, daß Ihnen sein Werk gefällt. Aber ich kann mir kaum vorstellen, daß Sie Dutzende von Parsek reisten, nur um ihm einen Besuch abzustatten.«

»Nicht nur«, gab Chart zu und grinste. »Ich bin hierhergekommen, weil ich lebe und gesund bin und schon überall sonst war und auch schon fast alles getan habe, was man tun kann. Nun halte ich Ausschau nach etwas Neuem.«

Wie ein unerträgliches Gewicht drückte die Vorahnung auf Dr. Lem. Er straffte die Schultern, sich durchaus bewußt, welch pathetische Figur er hier abgab: klein und mager, mit der wuscheligen Flauschel wie eine Stola um seine Brust – gegen die um ein Vielfaches vergrößerte Gestalt in der Kugel.

»Das sollten Sie nicht hier tun«, seufzte er.

»Und warum nicht?«

»Weil – nun, ich war auf Hyrax. Und wann zogen Sie dort Ihre Show ab? Vor sechzig Jahren?«

»Ah, Hyrax«, echote Chart sanft. »Ja, manche halten es für mein Meisterstück. Aber ich kann mich nicht auf meinen Lorbeeren ausruhen, wissen Sie? Für mich ist mein nächstes Werk immer mein bestes.«

»Ihr nächstes müssen Sie anderswo kreieren, nicht auf Yan«, bestand Dr. Lem. »So wie Sie bisher menschliche Welten verändert haben, dürfen wir es nicht riskieren ...«

Charts Gesicht verfinsterte sich. »Seit wann ist dieser Planet Ihr Eigentum? Ich bin nicht hierhergekommen, um mit einem Dr. Lem oder sonst einem Menschen zu verhandeln. Ich kam, um den Yans ein künsterisches Werk zu bieten – und was ich tun werde, hängt ausschließlich von ihnen ab.«

Dr. Lem saß ganz still, denn er wußte, wie die Entscheidung der Yans ausfallen würde. Sprecher Kaydad hatte sich an ihn gewandt, um sich seiner Unterstützung zu versichern. Gegen jegliche Logik waren es nicht nur die jugendlichen Affen, sondern auch die konservativen Älteren, die eine Vorführung Charts auf Yan befürworteten.

VIII

»Die Versuchung, Gott zu spielen, hat Sie also überkommen?« sagte Dr. Lem schließlich. Einen Moment dachte er, es wäre ihm gelungen, Chart zu treffen. Der andere lehnte sich in seiner Kugel vor, die Brauen zusammengezogen, aber er faßte sich schnell. Trotzdem beschloß Dr. Lem, es nochmals zu versuchen, falls sich ihm eine Chance bot.

»Gott zu spielen? War es nicht das, was Sie sagten, Dr. Lem? Ich erwartete ein wenig mehr Einsicht von einem Mann wie Ihnen. Sie sind doch Psychologe, oder nicht? Dann sollten Sie eigentlich erkennen, daß meine Antwort mit Ehrgeiz zu tun hat. Sie ist nicht im mindesten megalomanisch. Sie ist – nun, sie ist ein Drang, meine Fähigkeiten maximal zu nutzen. Ich sagte Ihnen doch: Ich habe bereits beinah alles getan, was ich je tun wollte. Es gibt nur noch wenig, was meine Talente herausfordern könnte.«

»Ihre bisherigen Bewunderer sind Ihrer also müde geworden? Oder haben Ihre Schüler Sie bereits übertroffen, und es bleibt nichts mehr für Sie?« Dr. Lem versuchte, so sarkastisch wie nur möglich zu klingen, um Chart zu verletzen.

Aber der lachte nur. »Vermutlich liegt es daran, daß Sie schon zu lange auf Yan leben. Ich habe gehört, die Eingeborenen sind unwahrscheinlich höflich und friedfertig: Sie haben offenbar verlernt, Beleidigungen zu formulieren. Nicht, daß mich so leicht eine treffen könnte. Trotzdem werde ich auf Ihre Einwände antworten. Vielleicht vereinfacht das das Ganze.

Nein, meine Imitatoren haben mich nicht übertroffen, sie sind mir im Gegenteil ohne Ausnahme unterlegen. Auch meine Bewunderer sind meiner nicht müde geworden. Fast jede Welt, auf der sich Menschen angesiedelt haben, hat mir zumindest einmal einen Auftrag erteilt, und jede einzelne von ihnen fleht mich geradezu an, einen zweiten anzunehmen – ja, bevor Sie mich unterbrechen –, dazu gehört auch Hyrax!«

»Es fällt mir schwer, das zu glauben«, zweifelte Dr. Lem.

»Oh, wirklich? Ja, ich verstehe wieso.« Chart rieb sich das Kinn mit einer durch die Kugel gräßlich entstellten Hand. »Ich nehme an, Sie besuchten Hyrax nach meinem Einschreiten?«

»Ja.«

»Waren Sie vorher bereits einmal dort gewesen?«

Dr. Lem schluckte und schüttelte den Kopf.

»Das hätte ich auch bezweifelt. Unter den Quains gab es kaum eine Möglichkeit, den Planeten zu besuchen.« Chart machte eine weitausholende Geste. »Lassen Sie mich Ihnen erzählen, wie ich ihn sah, als ich dort ankam. Eine teuflische Tyrannei herrschte auf dieser Welt, die ihre Grausamkeit mit den Schlagworten ›Sicherheit‹ und ›Frieden‹ zu bemänteln suchte. Jeder einzelne, gleich ob Mann, Frau oder Kind, war mit unsichtbaren Ketten an die Quains gefesselt und wurde von ihnen als Elias Quains Privateigentum betrachtet. Richtig oder falsch?«

»Sie spielen sich also als der unbeteiligte Befreier auf?« höhnte Dr. Lem, aber sein Hohn wirkte nicht überzeugend.

»Durchaus nicht. Die Menschen auf Hyrax bezahlten mich – jeden Penny der Summe, die mir die Quains geboten hatten. Sie waren der Überzeugung, daß es wert war, nach Jahrzehnten der Ausbeutung durch ihre Herrscher zur Abwechslung einmal das Letzte für ihre eigenen Interessen zu geben. Sie bezahlten ihre Schulden – und das gaben sie selbst für ihre eigene Dummheit und Trägheit.«

»Wenn Sie so stolz darauf sind, Menschen aus dieser Art von Mißverhältnissen zu befreien, warum suchen Sie sich dann nicht ähnliche Gelegenheiten?« entgegnete Dr. Lem. »Ich könnte Ihnen ein halbes Dutzend Welten nennen, wo die Situation ähnlich ist ...«

»Das könnte ich natürlich«, unterbrach Chart ihn. »Aber ich sagte Ihnen doch gerade, daß es nicht das ist, woran ich interessiert bin. Ich tat es einmal, mehr oder weniger zufällig. Warum sollte ich es ein zweites Mal tun, auch wenn ich stolz darauf bin, zu der Befreiung Hyrax' wesentlich beigetragen zu haben? Ich wiederhole mich nicht selbst – das überlasse ich meinen phantasielosen Imitatoren. Ich, Gregory Chart, *kreiere!*«

Der Kopf bog sich im Inneren der Kugel zurück, und zwei zu Fäusten geballte Hände schoben sich vor das vergrößerte Gesicht und schlugen die Knöchel gegeneinander.

Dr. Lem betrachtete ihn und dachte sich: *Das ist der gefährlichste Mann der ganzen Galaxis. Künstler waren schon immer gefährlich. Und mit diesem Talent und dieser Macht ...*

»Aber Sie werden hier nicht finden, was Sie sich ersehnen«, sagte er plötzlich. »Das hier ist eine alte Welt. Es gibt keine Möglichkeit, auf Yan zu kreieren – nur zu ...«

»Imitieren?« schlug Chart sanft vor. »Ja, ich glaube, in gewisser Hinsicht ist das wahr. Und doch; sehen Sie denn nicht, daß gerade das eine neue Herausforderung für mich wäre? Ich habe mein Talent auf jeder von Menschen besiedelten Welt bewiesen. Was bleibt mir denn noch? Meine

Fähigkeiten sind längst nicht erschöpft, ich bin nicht alt! An Jahren vielleicht, aber nicht im Geist. Mein Schaffensdrang wehrt sich wie ein wildes Tier im Käfig gegen die Einengung, entwirft und verwirft täglich Dutzende von neuen Ideen. Ich kann die Korona einer Sonne zu wundersamen Formen weben, kann Gedichte in Plasma schaffen – o ja, ich habe schon viel Zeit damit zugebracht. Aber für wen? Wer kann es sehen? Mein Werk würdigen? Soll ich meine Vorführungen nur für mich selbst und die leblosen Himmelskörper geben? Soll ich die Sterne zu neuen Konstellationen verbinden? Ich glaube, ich könnte es tun. Für meinen letzten Vertrag, den mit Tubalcain, habe ich immer noch einen Teil der Bezahlung ausstehen. Ich könnte mir Maschinen dafür geben lassen, die ich dazu bräuchte. Aber wozu? Um mir selbst ein Denkmal zu setzen? Eine Konstellation am Himmel eines einsamen, noch unbekannten Planeten, die meinen Namen im All verewigt, damit der spätere Entdecker dieser Welt ehrfürchtig davon erzählt? Ich will kein Denkmal, Dr. Lem! Ich bin ein Künstler! Ich brauche Zuschauer, die kritischsten, die sachverständigsten, begeisterungsfähigsten, die ich finden kann. Ich bin ihnen allen schon begegnet, allen – außer ...«

»Zuschauern einer fremden Spezies«, führte Dr. Lem den Satz für ihn zu Ende. Der Klang seiner eigenen Stimme ließ ihn schaudern.

»Ja«, gestand Chart und benetzte seine Lippen. »Ich habe bisher noch nicht versucht, eine Fremdrasse zu beeindrukken. Aber ich denke – ich glaube, ich könnte es.«

»Papa, gib mir bitte schnell mal dein Fernglas. Das Go-Board ist schon wieder aktiviert.«

Ducci drehte sich heftig um und hob das Glas an seine eigenen Augen. »Beeil dich!« brüllte er. »Und – nein, zum Teufel, es ist schon zu spät!«

Wütend fuhr er seinen Sohn an. »Hast du nicht gesagt,

du hättest die verdammte Reportermaschine für Stunden beschäftigt?«

Erschrocken von der unerwarteten Heftigkeit seines Vaters prallte Giuseppe zurück. »Aber natürlich, ich hab' sie in das völlig verlassene Prell und in die menschenleere Enklave geschickt.«

»Und wie kommt es, daß sie dann gerade den Planeten verläßt? Nun wird die ganze Galaxis erfahren, daß Chart hier ist. Wir werden von Besuchern überschwemmt werden. O du – du ...«

»Hör doch auf, Papa! Das wissen bestimmt schon alle von Chart selbst. Ein Mann wie er hat ständig, wohin er sich auch begibt, Reportermaschinen auf den Fersen. Vielleicht kam diese ohnehin nur seinetwegen hierher!«

»Vielleicht hast du recht«, räumte Ducci nach einer Weile ein. »Aber es macht mich trotzdem furchtbar wütend. Warum konnte dieser Bastard sich nicht eine andere Welt aussuchen!«

»Was hast du eigentlich gegen eine Aufführung auf Yan?« wunderte sich Giuseppe. »Es ist doch ...«

Ein Schrei ließ sie herumfahren. Wutschnaubend näherte sich Vorsteher Chevsky.

»Bevor Sie mit weiteren Einwänden kommen«, fuhr Chart fort, »möchte ich betonen, daß sich kein Honorarproblem ergeben wird. Wie ich bereits erwähnte, habe ich von Tubalcain noch eine größere Summe zu bekommen, die mir den Rest meines Lebens reichen kann, wenn ich sie entsprechend einteile.«

Dr. Lem nickte. Er war nie selbst auf Tubalcain gewesen, aber er wußte, daß er der Galaxis industrialisiertester Planet war. Nicht gerade angenehm zum Leben, da alles, selbst Wasser und Sauerstoff, dort erst produziert werden mußte, aber technisch so weit fortgeschritten, daß er mit seinen begehrenswerten Produkten den Bedarf eines halben Dutzends anderer Planeten zu decken vermochte. Sie fanden ihren Weg übrigens selbst zur Erde.

Er nahm sich vor, enzyklopädische Auskunft einzuholen, um zu erfahren, womit die Leute dort Chart beauftragt hatten.

»Ich nehme an, Sie haben sich bereits überlegt, wie ich auf legalem Wege von Yan zu weisen wäre. Vergessen Sie es. Die Erdenmenschen sind hier lediglich geduldet. Rechtlich und auch tatsächlich liegt die Regierungsgewalt – auch wenn man es hier nicht so nennen kann – in den Händen der Eingeborenen. Ich bin durchaus gewillt, mein Glück mit ihnen zu versuchen. Sie können mich nicht daran hindern, mich mit ihnen in Verbindung zu setzen und zu verhandeln, nicht wahr?«

»Nein, natürlich nicht. Sie und Ihre Mitarbeiter haben das gleiche Recht wie jene, die auf konventionelle Weise über das Go-Board auf diesen Planeten kommen ...«

»Mitarbeiter?« warf Chart ein und verzog verächtlich den Mund. »Ich habe keine Mitarbeiter. Früher einmal, ja, aber einer nach dem anderen bildete sich ein, nachdem er meine Methoden gründlich abgesehen hatte, es besser als ich zu können, und machte sich selbständig. Na ja, einer nach dem anderen stellte dann jedoch fest, daß dem nicht so war. Einige baten mich, sie zurückzunehmen, aber ich wies sie ab. Ich habe gelernt, allein zu arbeiten ohne irgend jemanden, außer meiner Gefährtin.« Er deutete auf die Frau auf der Galerie. Sie hob die Hand, die nicht den Zwergfalken hielt, und nahm die Kapuze ab.

»Erinnern Sie sich an mich, Yigael?« Sie lächelte.

Die Zeit schien stillzustehen.

Da ihn niemand störte – die Reportermaschine zählte nicht – und es auf den Straßen still blieb, entschloß Erik Svitra sich, das Haus, in dem er zu essen gefunden hatte, näher anzusehen, um sich ein Bild machen zu können, wie die Leute hier lebten. Er hatte bereits vier oder fünf der neun Zimmer betrachtet und war zur Überzeugung gekommen, daß tatsächlich nur eine einzige Familie hier wohnte. Er wollte es zuerst gar nicht glauben. Wo er herkam, wäre ein Haus dieser geringen Größe gar nicht erst gebaut worden, und in den großen Wohnblocks, wie er sie kannte, verfügte eine Familie selten über mehr als drei oder höchstens vier Zimmer. Darum also hatten sie diese Einformmöbel! Warum sollten sie sich auch form- und materialverändernde Möbel anschaffen, wenn sie über genügend Platz für jeglichen wohnlichen Bedarf verfügten! Es war zwar altmodisch, aber zumindest brauchte man sich nicht den Kopf zu zerbrechen, ob man das »Eßan« jetzt oder später in ein »Liegauf« verwandeln sollte.

Und das Ding dort drüben, das er als eine recht eigentümliche Art von Regal angesehen hatte, dürfte eine Stiege sein! Kein Schwebelift, der zum ersten Stock führte – aber andererseits auch kein Fit-Trimmer im Kinderspielraum. Vermutlich bekamen sie genügend körperliche Bewegung durchs Treppensteigen, wenn sie ihr eigenes Gewicht in dieser erdgleichen Schwerkraft schleppen mußten, und möglicherweise rannten und sprangen sie sogar im Freien herum.

Nachdenklich strich er sich übers Kinn. Er hatte sich schon gewundert, warum irgend jemand sich auf dieser von einer komischen Fremdrasse regierten Welt überhaupt niederlassen wollte. Nun hingegen wunderte er sich, warum der Planet nicht überlaufen war von Leuten, die ein ruhiges Leben und den Luxus alten Stils bevorzugten. Aber vermutlich hatte dieser Planet auch seine Nachteile: Insekten vielleicht, oder kaltes Wetter, oder gar – wie hieß es doch gleich? – Regen!

Aber trotzdem gab es hier etwas, was auf dem neuesten technischen Stand war: ein Communetsystem mit der umfangreichsten Computerbank, die er je gesehen hatte. Mit dem Finger zählte er die Angaben auf dem Schaltbrett ab: Nachrichten, Enzyklopädie, Privatverbindung, Konferenz, Unterhaltung, Haushaltshilfe und Bibliothek. Fast geistesabwesend wählte er die Enzyklopädie und tippte den Namen CHART, GREGORY. Eigentlich nur, um festzustellen, ob das Ding wirklich so großartig war, wie es aussah.

Als Dr. Lem die Rampe hinunterschritt, waren die Rosen verschwunden, die Garde und die Kapelle. Pompy war so glücklich darüber, wieder im Freien zu sein, daß sie sich aus seinen Armen befreite und fast wie ein ganz junges Flauschelchen die Schräge hinunterpurzelte.

Dr. Lem wunderte sich, daß niemand am Fuß der Rampe auf ihn wartete, um ihn auszufragen, worüber er sich mit Chart unterhalten hatte. Statt dessen stand eine eng aneinandergedrängte Gruppe ungefähr hundert Meter entfernt mit den Rücken zu ihm. Nach den aufgeregten Gebärden zu urteilen, mußte dort irgend etwas Unangenehmes vorgefallen sein.

Plötzlich entdeckte ihn Hector Ducci und kam ihm entgegen. Andere schlossen sich an: sein Sohn Giuseppe und Erwachsene aus der Enklave, die Dr. Lem als verantwortungsbewußte Leute kannte – mit anderen Worten jene, die sofort die Gefahr von Charts Besuch erkannt haben dürften, ohne sich auch nur einen Augenblick von seiner Berühmtheit blenden zu lassen. Er sah Toshi Shigaraku – ihr Mann Jack war noch mit den Kindern beschäftigt – und Pedro Phillips. Also alle außer der Ärztin Harriet Pokorod.

Giuseppe mit seinen langen Beinen erreichte ihn als erster. »Dr. Lem«, rief er ihm entgegen. »Etwas Furchtbares ist passiert!«

»Es wird noch mehr Furchtbares passieren«, prophezeite er finster. »Was ist geschehen?«

»Vorsteher Chevsky hat seine Frau verprügelt – vor allen Leuten!«

»Stimmt!« bestätigte sein Vater, der ihn nun eingeholt hatte. »Ich habe noch nie etwas so Unwürdiges gesehen –

ein Benehmen wie in der Steinzeit. Offenbar war er vergangene Nacht besoffen und hat die ganze Schau am Himmel verschlafen. Und er machte sie dafür verantwortlich, weil sie ihn nicht aufgeweckt hat.«

»Harriet nimmt sich gerade Sidonies an«, warf Pedro Phillips ein. »Er hat ihr die Lippen blutig geschlagen, und sie hat ein blaues Auge abbekommen. Einfach scheußlich!«

»Wir verschwinden besser von hier«, murmelte Ducci. »Er ist wütend, weil Sie an Bord gebeten wurden. Er meint, es hätte ihm zugestanden, Chart als erster zu begrüßen. Aber sagen Sie, was hat er denn gesagt?«

»Es spielt weniger eine Rolle, was er sagte, als wen er bei sich hat.«

»Seine Mitarbeiter?« Ducci runzelte die Stirn. »Sind es so viele?«

»Nein, er ist mit seiner Gefährtin allein. Das Gehirn des Schiffes ist so weit entwickelt, so perfekt, wie man es sich kaum vorstellen kann. Er erzählte, sein letzter Vertrag war mit Tubalcain; ich nehme an, er hat es sich als Teilzahlung dort bauen lassen. Aber was ich sagen wollte: seine Gefährtin ist – Morag Feng!«

»Wa-as?« Phillips ließ vor Erstaunen seine Kinnlade fallen. »Sie ist zurückgekommen?«

IX

Mit vor Schlafmangel roten Augen und einem aus unguter Vorahnung knurrenden Magen spazierte Marc Simon über das unebene Feld hinter dem Landeplatz. Seinen Diktyper, den er fast immer bei sich trug, um plötzliche Ideen oder Formulierungen sofort festzuhalten, hielt er in der Hand. Shyalee hatte darauf bestanden, es allen anderen gleichzutun und sich den Kugelraumer anzuschauen. Er war es jedoch bald müde geworden, untätig bei müßigem

Geschwätz herumzustehen, und hatte Shyalee in Gesellschaft Rayvor-Harrys und Alice Mings mit ihren Affen zurückgelassen.

Der Weg, dem er jetzt folgte und der in Richtung der Mutine Mandala führte, war die Grenze zwischen Blaw und Rhee. Auf einer Seite davon befanden sich die nackten, rauhen Felsen, auf der anderen Gärten und Obstplantagen, die sich beide Hunderte von Kilometern ausdehnten. Die Bäume streckten sich stolz der Sonne entgegen. Zahlreiche Wasserläufe, unbedeutende Nebenflüsse des Smors, bewässerten sie. Als er zum nächsten kam, folgte er geistesabwesend seinem Ufer, an dem blaublühende, moosartige Pflanzen wucherten. Bei einem großen Stein machte er halt und ließ sich darauf nieder. Er schaltete seinen Diktyper ein und sprach hinein. Eine kritik- und seelenlose Maschine war das einzige, dem er seine momentanen Zweifel anvertrauen konnte.

»Wie kommt es, daß ich Charts Besuch sowohl als unausbleiblich als auch als katastrophal ansehe? Nun, ich nehme an, unausbleiblich deshalb, weil er früher oder später auf jeden Fall das Bedürfnis verspürt hätte, für eine Fremdrasse eine Vorstellung zu geben. Ich habe ihn zwar nie selbst bei der Aufführung einer seiner Schöpfungen gesehen, aber ich kenne die Auswirkungen, die sie auf Hyrax noch nach einem halben Jahrhundert hatten. Darum kann ich mir in etwa den Maßstab seiner Werke vorstellen. Ich weiß nicht, ob er tatsächlich der größte Künstler aller Zeiten ist, wofür ihn viele halten, aber er hat zumindest eines erreicht: Er hat eine vollkommen neue Ausdrucksmöglichkeit, eine neue Kunstform geschaffen. Keiner seiner Nachahmer, nicht einmal seine eigenen Mitarbeiter, die seine Methode genau studieren konnten, vermochten ihn je zu übertreffen.

Und nun ist er eine in der ganzen Galaxis bekannte, berühmte Persönlichkeit. Er braucht nur Kurs auf ein bewohntes Sonnensystem zu nehmen, und schon eilt ihm die Kunde voraus und löst Debatten im planetaren Kongreß aus! Für nichtmenschliche Zuschauer zu kreieren, muß demnach eine echte Herausforderung für ihn sein.

Aber das ist es nicht, warum ich seine Ankunft hier auf Yan als unausbleiblich betrachte. Es ist eher …« Marc zögerte und fragte sich, ob das, was er hier durch seinen Diktyper niederlegen wollte, nicht vielleicht recht dumm klingen würde. Aber dann fuhr er doch fort.

»Es ist vielmehr, als ob er selbst, seine ganze Kunstform, eine yannische Vorstellung wäre. Ich nehme an, er ist ein Dramaturg beziehungsweise viel mehr als das. Er ist, soweit ein Mensch das überhaupt je zu werden vermag, das, was wir aus der yannischen Sprache mit *Dramaturgist* übertragen haben.«

Doch was bedeutet das Wort? Es ist zwar sehr nützlich, es zu haben, und es ist assoziationsschwanger, ich bin auch jenen, die es prägten, sehr dankbar – aber …

Er seufzte und schaltete den Diktyper aus. Erst jetzt bemerkte er, wie kurz die Schatten bereits waren. Es mußte beinahe Mittag sein, und er war gedankenverloren fast an der Schwelle zur Mutine Mandala angelangt.

Er reagierte fast mit Panik. Monate, ja schon mehr als ein Jahr war vergangen, seit er den Mutineblitz aus dieser Nähe gesehen hatte. Es war seine feste Absicht gewesen, ihn ein zweites Mal in der Mandala direkt über sich ergehen zu lassen und sich dazu vorher nach und nach immer ein wenig näher heranzuwagen, aber irgendwie …

Er verscheuchte die Erinnerungen und alle Unterlassungssünden, die damit zusammenhingen, und beäugte den Hügel, an dessen Fuß er den Bach entlanggewandert war. Ein wenig unterhalb des Kamms wurzelte ein Ghulbaum. Seine Nüsse stellten einen wichtigen Bestandteil des yannischen Speisezettels dar. Die Zweige waren kräftig und bildeten eine natürliche Leiter. Ohne zu zögern, machte er sich auf den Weg zu ihm. Von dort oben, gute fünfzehn oder zwanzig Meter über dem Boden, mußte man über das gesamte Blaw-Plateau sehen können. Er stellte sich auf die Zehenspitzen und tastete nach dem ersten dichtbelaubten Ast. Etwas biß nach seinen Fingern.

Er schrie auf und sprang ein paar Schritte zurück. Blut tröpfelte über seine Knöchel. Er blickte zu dem Zwielicht der Äste hoch, sah etwas sich bewegen und hörte ein Rascheln.

Ein Vogel? Aber doch nicht auf Yan! Hier gibt es keine Vögel!

Hinter ihm rief eine Stimme: »Oh, es tut mir so leid! Hat er Sie verletzt?«

Eine Frau in hautengem Overall, beinah so groß wie er und das lange kupferfarbige Haar mit einer Spange aus dem länglichen Gesicht zurückgesteckt, eilte die Böschung hoch. An einem Handgelenk trug sie eine Ledermanschette, in die ein Brillant eingesetzt war.

Marc starrte sie verwirrt an und verstand nicht, wieso er sie nicht schon zuvor bemerkt hatte – bis er das goldene Glitzern der teuren und auf manchen Planeten verbotenen, aber durchaus nicht ungewöhnlichen Deflektoranlage an ihrem Gürtel sah.

Ein wenig ungeduldig wiederholte sie ihre Frage.

»Ich ...«, er betrachtete seine Hand, schüttelte das Blut ab und entdeckte nur einen unbedeutenden Kratzer. »Nein, nicht der Rede wert.«

»Wenn es sein Schnabel war, ist es ohnehin ungefährlich. Höchstens seine Krallen könnten eine Infektion verursachen, obwohl sie natürlich jedesmal, wenn er sich auf mein Handgelenk setzt, automatisch gereinigt werden. Komm, du Übeltäter!« rief sie. »Komm! Komm!« Sie hob den Arm. Mit widerstrebendem Kreischen ließ sich der Vogel auf der Manschette nieder, und sie stülpte ihm die Haube über den Kopf.

»So ist's gut«, lobe sie ihn und wandte sich wieder Marc zu. »Da er sich nicht entschuldigen wird, tu ich es an seiner Stelle. Immer beim ersten Ausflug auf einem neuen Planeten bildet er sich ein, die ganze Welt und all ihre Kreaturen seien gegen ihn. Sie sind ausgesprochen paranoid, diese Vögel!«

»Oh, aber er ist ein hübscher Kerl. Ein Zwergfalke, nicht wahr?«

»Ja, ein salvadoranischer Merlin – und sehr von sich überzeugt.«

Marc musterte die Frau so unauffällig wie nur möglich. Irgendwie kam sie ihm bekannt vor, als habe er vor langer Zeit ihr Bild gesehen. Er war nun auch dazu gekommen, einen Eindruck von ihr zu gewinnen, aber die Reaktion, die sie in ihm erweckte, behagte ihm nicht. Ihre Stimme klang spröde, ihre Worte kamen zu schnell, und sie wirkte ungeduldig. Vielleicht hatte er aber auch nur zu lange unter den ruhigen, bedächtigen Yans gelebt, daß es ihm so vorkam.

»Ich bin ein Idiot«, sagte sie plötzlich. »Ich hätte es doch gleich bemerken müssen. Sie tragen einen *Heyk* und eine *Welwa,* sind jedoch zweifellos ein Erdenmann. Sie können nur Marc Simon sein, habe ich recht?« Ihre dunkelgrünen Augen schienen genauso durchdringend zu blicken wie die ihres Merlins.

Es dauerte eine geraume Zeit, ehe der enzyklopädische Eintrag über Chart abgespielt war. Erik war so fasziniert davon, daß er das Risiko einer Entdeckung in diesem fremden Haus vergaß und es sich in einem Sessel bequem machte. Jetzt verstand er, warum sie alle zu dem Sternenschiff gelaufen waren!

Er hatte sich nie sehr für bildende Kunst interessiert. Ihn zog es mehr zur subjektiven – jene, die in Pillenform, als Pulver, Gas oder Serum kam. Aber es sah ganz so aus, als vermochte dieser Chart, wenn er sich so richtig ans Werk machte, den Verstand auf objektiver Ebene auf den Kopf zu stellen.

Das erinnerte ihn daran, daß er sich über den Interspeziessex auf Yan erkundigen wollte, denn wenn er schon eine Zeitlang hierblieb – nun, ein yannisches Mädchen war nach dem, was er bisher so darüber gehört hatte, vielleicht nicht zu verachten. Er drückte auf die Taste und tippte die Subkategorie, aber der Schirm blieb leer. Es dämmerte ihm, daß die Leute in der Enklave diese Art von Informationen vermutlich nicht über das Communet zu beziehen brauchten und deshalb nichts darüber gespeichert war.

»Woher – woher wissen Sie das?« fragte Marc verblüfft.

»Ich bin Morag Feng – Gregory Charts Gefährtin.« Auch der Name schien ihm bekannt, aber immer noch fiel ihm nicht ein, woher er sie zu kennen glaubte. »Ich habe Ihre Übersetzung der Mutine Epik gelesen. Ich war es, die Gregory darauf aufmerksam machte – und deshalb kam er hierher.«

Marc fühlte sich völlig benommen. »Chart – Chart gefiel mein Werk?«

»Gefiel!« Sie lachte rauh. »Es ist die einzige wirkliche Übersetzung, die jemals von einer nichtmenschlichen Versdichtung gemacht wurde! Begleiten Sie mich doch gleich aufs Schiff. Ich werde Gregory benachrichtigen, daß ich Sie zufällig getroffen habe. Er wird sehr darüber erfreut sein. Sie sind derjenige, mit dem er sich hier hauptsächlich unterhalten möchte. – Ist Ihnen nicht gut?«

Sie ließ das Mikrophon des Minicommunets, das sie am Gürtel neben dem Deklektorgerät trug, kurz zischen.

»Ich – ich bin nur völlig überwältigt«, murmelte Marc schwach. »Vor allem, da die Übersetzung entsetzlich ist. Ich habe mich gleich daraufgestürzt, als ich mich noch kaum hier eingelebt hatte. Ich bildete mir ein, ich wüßte alles über Yan, die Yans und ihre Sprache. Erst als ich schon eine Zeitlang unter ihnen lebte, wurde mir bewußt, wie unbeholfen, wie oberflächlich sie war!« Hilflos ballte er die Fäuste.

»Auf jeden Fall aber hat sie Gregory hierhergebracht«, sagte Morag schroff. »Ist das vielleicht nichts? Also kommen Sie schon!«

»Eigentlich wollte ich ...«, Marc blickte über seine Schulter. Die Sonne stand nun schon fast im Zenit. »... wollte ich«, wiederholte er, »um Mittag den Mutineblitz beobachten. Das ist ..«

»Ja, ja. Ich weiß darüber Bescheid. Aber dazu haben Sie noch viele Gelegenheiten. Und mit ein wenig Glück werden wir bald verstehen, was er ist und was sein Zweck ist.«

»Wa-as?« keuchte Marc. Es verschlug ihm die Sprache.

»Sie haben richtig gehört!« Sie faßte ihn am Arm und drängte ihm zum Schiff. »Was glauben Sie denn, *wozu* Gregory hierherkam?«

X

»Morag Feng?« überlegte Giuseppe laut. »Ich muß den Namen schon mal gehört haben ...«

»He, Lem ist zurück. Dem werd' ich's zeigen! Laß mich los!« zeterte unverkennbar Chevsky Stimme. Der Vorsteher bahnte sich mit den Ellbogen einen Weg durch die Gruppe um Sidonie, die gerade von Harriet Pokorod verarztet wurde, und steuerte geradewegs auf Dr. Lem und seine Freunde zu. Sechs oder acht andere folgten ihm. Als Psychologe der Enklave erlaubte Dr. Lem es sich nicht, für jemanden eine besondere Sympathie oder Abneigung zu entwickeln. Wäre er jedoch ein bißchen weniger streng zu sich gewesen, hätte er zumindest sich selbst gegenüber zugeben müssen, daß dies genau jene Leute waren, die er im Grund genommen nicht ausstehen konnte. Genau wie Chevsky nur deshalb nach hier – was er insgeheim als finstere Provinz bezeichnete – gekommen war, weil er hier eine gewisse, wenn auch vielleicht nur nominelle Machtposition innehatte, die man ihm nirgends anderswo geboten hätte, versuchten die anderen mehr zu scheinen, als sie waren, indem sie sich den Vorsteher als Freund erkoren, beziehungsweise ihm nach dem Mund redeten. Die lautesten und seine intimsten Freunde waren Dellian Smith und seine Frau, die sich so sehr ihres Berufs als Abwasserklärexperten schämten – so wichtig dieser Job auch war –, daß sie sich hinter ihrer Arroganz versteckten und sich zu gut dünkten, mit den normalen Sterblichen der Enklave zu verkehren.

Mit drohenden Gebärden hatte Chevsky sich vor Dr. Lem aufgebaut. Pompy, die spürte, daß er ihrem menschlichen Freund und Futtergeber übelwollte, stellte sich aufrecht auf ihre vielen Beinchen und ließ ihr sonst so weiches Fell zu einer Art Igelstacheln versteifen. Warnend öffnete sie ihr Maul und zeigte ihre Reißzähne. Aber Pompy war alt, und ihre Zähne wirkten stumpf und wenig beeindruckend.

»Vorsteher!« Harriet Pokorod eilte herbei und versuchte, im Laufen ihren Arztkoffer zu schließen.

Chevsky ignorierte sie. Er stützte seine Hände auf die Hüften und schnaubte: »Wenigstens versuchen Sie nicht, mir auszuweichen, aber es wäre Ihnen ohnehin nicht geglückt! Ich weiß, wie gern Sie unsere Köpfe auseinandernehmen, unsere Schwächen ausspielen und an uns herummanipulieren würden, bis wir keinen eigenen Willen mehr haben. Aber diesmal sind Sie zu weit gegangen!«

»Wovon, zum Teufel, reden Sie eigentlich?« fragte Ducci.

Chevsky warf ihm einen abfälligen Blick zu. »Das wissen Sie ganz genau! Sidonie und Ihre Frau stecken doch ständig beisammen. Und Sid läuft dauernd zu diesem Sack morscher Knochen und schwafelt über alles, was nur Mann und Frau allein angeht. *Er* ist schuld daran, daß sie mich nicht geweckt hat, als schon alle von Charts Erscheinen wußten, und das können Sie mir auch nicht ausreden! Und wollen Sie vielleicht behaupten, es war ein Zufall, daß ausgerechnet der Vorsteher als letzter von diesem berühmten

Besucher erfuhr, und diese alte Vogelscheuche als erster aufs Schiff eingeladen wurde?«

»Und versuchen Sie nicht, dem Vorsteher Vorhaltungen zu machen, daß er Sidonie Manieren beigebracht hat!« warf Dellian Smith ein. »An seiner Stelle hätte ich es nicht anders gemacht!«

»Und mit gutem Recht!« keifte seine Frau.

Ein Augenblick feindseligen Schweigens folgte diesen Worten. Dr. Lem hörte Toshis Zähne klappern. Ätzend sagte er: »Es hätte vielleicht keinen guten Eindruck auf Chart gemacht, wenn er als erstes von einem Stockbesoffenen begrüßt worden wäre!«

Chevsky lief dunkelrot an. Ehe er jedoch dazu kam, den Mund zu öffnen, fuhr Dr. Lem schnell fort. »Nur ein völlig Betrunkener könnte alles verschlafen haben, was in der Nacht vor sich ging. Stimmt's, Pedro?«

»Stimmt«, ergriff der Kaufmann Dr. Lems Partei. »Er hat erst gestern sechs Flaschen verschiedener Spirituosen bei mir gekauft.«

»Und ich muß ihm ständig Mittel gegen seine Kater geben. ›Unpäßlichkeit‹ nennt er es!« höhnte Harriet.

»Hat ein Mann, der mit einer Frau wie Sid geschlagen ist, nicht vielleicht ein Recht, seinen Kummer hin und wieder in Alkohol zu ertränken?« ereiferte sich Dellian Smith.

»Ach, halt den Mund«, zischte Chevsky ihn an. Dann wandte er sich an die anderen. »Was mit Sid und mir ist und ob ich trinke, spielt hier überhaupt keine Rolle, solange ich meine Pflicht tue. Wirklich von Bedeutung ist im Moment etwas ganz anderes. Nicht nur ich habe das Gefühl, daß sich da so eine wichtigtuerische Clique zusammengetan hat, die Charts Aufführung zu verhindern sucht.«

Heftiges Kopfnicken von den Smiths und seinen anderen Anhängern.

Chevsky streckte die Brust heraus und schob das Kinn aggressiv vor. »Ich gebe zu, daß ich selbst noch keine von

Charts Vorführungen erlebt habe, aber ich habe mich mit vielen Leuten unterhalten, die dabeiwaren – Ihre Frau beispielsweise, Ducci!« Und dann finster: »Ich muß kein Genie sein, um zu erkennen, daß seine Werke epochal sind. Es ist geradezu von geschichtlicher Bedeutung und macht den Planeten berühmt, wenn Chart hier seine künstlerischen Fähigkeiten beweist. Ich warne euch: Wenn ihr versucht, Chart davon abzuhalten, eine Vorstellung für uns zu geben, dann werdet ihr schon sehen, wer noch zu euch hält. Ihr eingebildeten Wichtigtuer!«

»Er hat ohnehin nicht die geringste Absicht, hier etwas für uns aufzuführen«, erklärte Dr. Lem schneidend.

»Was?« keuchte Chevsky und machte einen halben Schritt auf ihn zu.

»Glauben Sie denn wirklich, er würde es auch nur in Betracht ziehen, sich herabzulassen, für dreihundert Personen zu kreieren, wenn er normalerweise nur Aufträge von Kontinenten, ja ganzen Planeten entgegennimmt?«

»Soll das heißen, dieser Bastard will für die Affen eine Show abziehen?« fragte Smith entsetzt und gleichzeitig entrüstet.

Als wolle er diese Frage selbst klären, erschallte noch einmal Charts Stimme aus den Schiffslautsprechern. »Wie ich sehe, sind drei der distinguiertesten Herren aus der Stadt Prell hier anwesend: Sprecher Kaydad, *Hrath* Vetcho und *Hrath* Goydel! Sollten diese Herren daran interessiert sein, das Schiff zu besuchen, würde ich es als Ehre ansehen, sie an Bord begrüßen zu dürfen.«

»He!« fuhr Ducci auf, »man darf doch hochentwickelte Technologie Fremdrassen überhaupt nicht zeigen ...« Aber genau wie alle in Hörweite wußte er, daß eine so minimale Anklage gegen Chart reine Zeitverschwendung wäre. Dieser Mann machte seit gut über einem halben Jahrhundert seine eigenen Gesetze.

Ducci hob sein Fernglas. »Ja«, murmelte er nach einem Augenblick. »Sie betreten das Schiff.«

Chevsky, die Smiths' und ihre Gesinnungsbrüder tauschten entrüstete Blicke aus. »Darüber ist noch nicht das letzte Wort gesprochen!« polterte Chevsky und stürmte davon.

»Aber Charts Anwesenheit ist noch gar nicht das Besorgniserregendste«, brummte Dr. Lem nach einer Weile.

Harriet Pokorod blickte verblüfft von einem zum anderen. »Was soll das heißen?«

»Morag Feng ist an Bord«, erklärte ihr Phillips. »Sie ist jetzt Charts Gefährtin.«

»Nein!« Vor Schreck rutschte ihr der Arztkoffer aus dem Arm.

»Was ist eigentlich mit dieser Morag Feng?« erkundigte Ducci sich energisch. »Mir ist, als hätte ich diesen Namen schon mal gehört, aber ...«

»Es dürfte kurz vor Ihrer Ankuft hier gewesen sein«, murmelte Dr. Lem und fuhr sich müde durch das dichte Haar. »Ich war damals etwa vierzehn Jahre hier, also ist es jetzt ungefähr achtzehn Jahre her. Aber Sie kannten Sie doch, nicht wahr, Pedro?«

Der Kaufmann nickte heftig. »Sie wanderte einen Sommer, nachdem ich meine Familie hierhergebracht hatte, über das Board. Ich erinnere mich gut an sie.«

»Das war zwei Monate, nachdem Alice gekommen war«, betonte Harriet mit angespannter Stimme.

»O Gott – nein!« Ducci preßte die Hände zusammen. »Sie ist doch nicht etwa die Frau, die Alice bei Rayvor verdrängt hat?«

»Das ist sie allerdings«, erwiderte Dr. Lem betrübt. »Und ihr Haß ist noch so stark wie damals, dessen bin ich mir sicher.«

Narr! Idiot! Schwachkopf! beschimpfte Erik sich selbst, während er unter dem Gewicht des Reisesacks aus der Stadt hinausstapfte. Der Name Chart hätte ihm sofort etwas sagen müssen! Er hätte sich bei der Reportermaschine ein wenig aufspielen müssen. Seine Behauptung, er habe Chart erkannt, hätte ihm dann wenigstens genügend Kredit für eine neue Go-Board-Programmierung eingebracht, falls hier mit dem Drogentesten nichts zu machen war.

Trottel! An noch etwas anderes hatte er nicht gedacht! Wie hatte er es nur übersehen können! Er hätte sich in dem Haus, wo er die Auskunft über Chart eingezogen hatte, auch gleich nach der hiesigen Droge erkundigen können. Es gab eine Beschränkung, inwieweit die Enzyklopädie andersplanetare Informationen speichern konnte. Darum hatte Erik auf Ilium, wo er über *Sheyashrim* und die sadistischen Orgien der Yans unter ihrem Einfluß hörte, nicht viel darüber erfahren können – und darum war er persönlich hierhergekommen.

Verständlicherweise würde jedoch der hiesige Informat alle Einzelheiten darüber gespeichert haben.

Er wollte gerade kehrtmachen, um das Communet im nächsten leeren Haus zu benutzen, als er laute Stimmen hörte. Fünf oder sechs Personen näherten sich auf dem Weg, voran der Vorsteher, den er ungewollt aus dem Schlaf gerissen hatte.

»He!« brüllte Chevsky, als er ihn entdeckte. »He, schaut mal! Das ist der junge Mann, der so nett war und mich geweckt hat und mir sagte, daß Chart hier ist, nachdem Sid mich einfach liegen gelassen hatte. Hallo, junger Mann!« Jovial schüttelte er Eriks Hand.

»Morag Feng! Stimmt, ich hab' von ihr gehört, aber das ist schon so lange her«, erinnerte sich Ducci. »Du warst noch ein Baby«, wandte er sich an Giuseppe.

»Aber mir ist der Name auch bekannt«, entgegnete sein Sohn. »Hat sie damals nicht einen ganz schönen Wirbel verursacht?«

»Ich erinnere mich noch an alle Einzelheiten«, sagte Dr. Lem leise. »In gewisser Hinsicht war ich vielleicht auch ein wenig mitschuldig. Soll ich euch darüber erzählen?«

Ducci nickte. »Ja, bitte.« Die anderen schlossen sich an.

»Es ist wohl nicht gerade eine Auskunft, die man vom Informat erfahren kann?« vermutete Harriet.

»Könnte ich mir nicht vorstellen.« Dr. Lem lächelte schwach. »Es war so – die Enklave war noch ziemlich jung. Ich selbst kam mit der zweiten Einwandererwelle. Damals machte die Enklave noch hin und wieder Schlagzeilen wie ›Die erste menschliche Siedlung auf einem Planeten unter Fremdrassenherrschaft‹ und so ähnlich. Und natürlich brachte die Entdeckung der gegenseitigen sexuellen Verbindung eine Menge angeknackster Leute, die nicht mit sich zurechtkamen und hier nur Unruhe stifteten. Erinnern Sie sich, Harriet?«

»Das kann man wohl sagen!« brummte die Ärztin.

»Diese Morag Feng war zwar nicht gerade verrückt, aber ziemlich labil. Sie hatte ihre eigenen Theorien über die Dramaturgisten, die alte yannische Zivilisation und was damit zusammenhing, und war entschlossen, ihre Ideen in die Tat umzusetzen. Als sie ankam, weigerte sie sich, in der Enklave zu wohnen und nahm sich einen yannischen Liebhaber. Rayvor. Sie war es übrigens, die ihn Harry nannte – der Name, den er beibehielt. Und dann erschien Alice Ming, die durchaus in der Enklave leben und sich dort einen yannischen Geliebten halten wollte. Aber sie zog einen ...« Dr. Lem zögerte. »Unterwürfig? Ja, ich glaub', das ist das richtige Wort. Sie zog einen Unterwürfigen vor. Morag – das weiß ich, weil ich ihr Vertrauter und selbst ein bißchen mehr als nur verliebt in sie war – wollte unbedingt sofort die Wahrheit hinter dem Mutine Epos, wenn es eine solche gab, hinter den Wats und Mandalas und so weiter erfahren. Darum wartete sie inmitten der Mutine Mandala auf den Mittagsblitz.«

»So wie Marc Simon vor ein paar Jahren?« erkundigte Ducci sich atemlos.

»Ja, und Sie erinnern sich ja, was ihm passiert ist. Drei Wochen war er nicht mehr Herr seiner Sinne. Er sagte, es sei gewesen, als wolle man eine Lebenszeit psychedelischer Erlebnisse in dreißig Sekunden komprimieren.«

»Und einen scheußlichen Sonnenbrand hatte er sich auch zugezogen«, murmelte Harriet.

»Morag ist groß und muskulös«, fuhr Dr. Lem fort, »Alice klein und zierlich. Sie entspricht mehr dem yannischen Geschmack. Alice sah ihre Chance und nahm sie wahr, als Morag mit verwirrtem Geist auf dem Plateau von Blaw herumirrte und niemanden in ihre Nähe ließ. Als sie sich erholt hatte, kam sie zu mir und blieb eine Weile, weil sie jemanden brauchte, an dessen Schulter sie sich ausweinen konnte. Ich überzeugte sie, daß es besser für sie wäre, wenn sie sich übers Go-Board einen anderen Planeten suchte. Und das tat sie auch. Aber jetzt ist sie zurück – und sie brachte Gregory Chart mit sich. Ich wiederhole es, ich betone es: *Sie ist es, die Gregory Chart nach Yan gebracht hat!*«

XI

»Gregory empfängt gerade eine Delegation der Yans«, flüsterte Morag, als sie und Marc schon nahe am Schiff waren. »Aber ich werde Sie trotzdem an Bord bringen.«

Sie hatte ihr Deflektorfeld aktiviert und ihren Arm um seine Taille gelegt, damit auch er unsichtbar wurde.

Ein Teil seines Ichs wollte weglaufen, als sei der Leibhaftige hinter ihm her. Ein anderes, sein dominierendes, stärkeres, bestand darauf, Chart kennenzulernen. Er wollte – *ja, es war ihm ein tiefes Bedürfnis* – von einem so berühmten Künstler ein Kompliment für sein auf Yan geschaffenes Werk hören! Die Eingeborenen hielten nichts von laut geäußertem Lob, ihres äußerte sich höchstens darin, daß sie seufzten oder lächelten oder arrangierten, daß die Zahl der Anwesenden ein wenig höher war, wenn ein besonders erfolgreicher Poet-Maler-Musiker-Redner zu einer Soiree kam. Für einen Menschen war das ein bißchen zu kärglich.

Auf dem Rückweg zum Schiff erinnerte er sich bruchstückhaft. Als Harriet Pokorod damals seinen drei Wochen lang unverarzteten Sonnenbrand behandelte, hatte sie erwähnt, daß es zehn Jahre vor seiner eigenen Ankunft bereits einmal einen ähnlichen Fall gegeben hatte. Eine Morag Feng hatte wie er unter den Yans gelebt und sich wie er dem Mutineblitz ausgesetzt.

Sein Kopf schwirrte, wenn er nur an das entsetzliche Erlebnis dachte. Als die Sonne in einem bestimmten Winkel zu den Kristallsäulen der Mandala stand, geschah es. Es wurde sozusagen eine Resonanz aufgebaut. Was sich aus der Entfernung sehen ließ, war ein Zusammenspiel aus Licht und Farbe, blendend, aber beeindruckend. Doch innerhalb des Bauwerks selbst …

Unbeschreiblich, aber so verheerend, daß sein Unterbewußtsein seinen langgehegten Plan unterminierte, sich langsam daran zu gewöhnen, den Blitz jeden Tag aus etwas geringerer Entfernung zu beobachten, bis er es wagen würde, die Mandala noch einmal zu betreten, um verstehen zu lernen, was es war, das das Sonnenlicht auslöste. Erst heute hatte er sich wieder an seinen Vorsatz erinnert.

Die Menschenmenge war immer noch auf der Prell zugewandten Seite des Schiffes versammelt. Morag führte ihn zur Hülle hinauf und einfach hindurch. Er zuckte zusammen, als sie eintraten. Er war nun schon so lange auf Yan, daß er die durchlässigen Türen schon fast vergessen hatte. Vor ihnen lag ein Korridor, glatt und weiß wie die Hülle.

»Gregory!« rief Morag in die Luft.

Die Luft antwortete. »Mr. Chart ist noch mit der yannischen Delegation beschäftigt. Es ist jedoch anzunehmen, daß die Konferenz nicht mehr länger als vier bis sechs Minuten dauern wird, da bereits vorbereitende Phrasen des Abschieds gefallen sind.«

»Schön. Dann bring uns zur Hauptgalerie!«

Sofort wurde der Korridor zum Schwebelift, und Marc spürte den Zug eines querverlaufenden Schwerefeldes. Es beeindruckte ihn sehr. Die Ausstattung dieses Schiffes war einfach phantastisch!

»War das – das Schiff, mit dem Sie sprachen?« erkundigte er sich.

»Hm? O ja. Natürlich. Es ist eine tubalcainsche Sonderanfertigung für Gregory.«

Nach ein paar Sekunden kamen sie auf der mit einem Silbergeländer gesicherten Galerie an, die einen Überblick über das riesige Zentrum bot – obwohl sie trotz ihrer immensen Größe nur einen Bruchteil des gesamten Volumens ausmachte. Der Rest wurde vermutlich durch den Antrieb, die Lebenserhaltungsanlagen und die Maschinerie, die Chart für seine Aufführungen brauchte, eingenommen. Unterhalb eines sich drehenden Bildtonschirms sah Marc eine perfekt simulierte yannische Wohnhalle, in der ein Erdenmann – logischerweise Chart – sich mit ...

Marc blinzelte verwirrt. Das war nicht eine x-beliebige

Delegation, sondern DIE Delegation. Chart unterhielt sich mit Sprecher Kaydad, Vetcho und Goydel.

Morag tat irgend etwas, das er nicht sah, und plötzlich vernahm er Stimmen. Chart und Kaydad tauschten höfliche Abschiedsformeln. Es dauerte eine Weile, ehe ihm bewußt wurde, daß es yannische Worte waren.

»Spricht Chart denn Yannisch?« staunte er.

»Aber nein«, erwiderte Morag ungeduldig. »Das Schiff übersetzt für ihn.«

Etwas freundlicher fuhr sie fort: »Ein großer Teil des Vokabulars der Computerbank stammt aus Ihrer Übersetzung. Sie sollten stolz darauf sein!«

Drei oder vier Minuten später sagte sie: »Sie sind gegangen. Bring uns nach unten.«

Die ganze Galerie senkte sich. Die Nachahmung der yannischen Wohnhalle löste sich auf und verwandelte sich gerade zu einer mit weichem Gras bewachsenen und von Bäumen umringten Lichtung, als Chart, der seine Besucher begleitet hatte, zurückkam.

»Sie müssen Marc Simon sein.«

Eine völlig *normale* Stimme. Nicht der widerhallende, gottähnliche Donner, den er fast erwartet hatte. Beinah ohne sein Zutun reichte er Chart die Hand und stellte automatisch fest, daß die des anderen knochig und sein Händedruck kraftlos, sein Lächeln nur angedeutet und seine Gestalt dünn, ja fast hager war.

Aber in den Augen leuchtete ein Feuer. In dem Moment, als Marc seinen Blick erwiderte, wußte er, was diesen Mann groß machte.

»Setzen Sie sich doch«, bat Chart ihn. »Morag hat Ihnen sicher schon erzählt, wie sehr ich diesen Augenblick erwartet habe.« Korbstühle, die zur Umgebung paßten, sprangen aus dem Nichts, dazu ein runder Tisch mit einem Krug gekühlten Weins und drei Bechern.

»Wie bequem so ein Stuhl ist!« Chart seufzte erleichtert. »An die yannischen Kissen muß man sich erst gewöhnen.«

Er machte eine Handbewegung, und die Trinkgefäße füllten sich von selbst. Ein voller Becher schwebte auf Marc zu. Morag hielt ein wenig Abstand von den beiden anderen, als wollte sie andeuten, daß sie vorhatte, sich an dem kommenden Gespräch nur als Zuhörerin zu beteiligen. Ein leicht amüsiertes Lächeln spielte auf ihren Zügen.

»Auf Ihre Gesundheit!« Chart ergriff den Becher, der auf gleiche Weise in seine Hand geschwebt war. »Auf den Mann mit dem größten Verständnis der yannischen Kultur!« Er nahm einen tiefen Schluck und stellte den Becher auf den Tisch zurück. »Was ist *Shrimashey* eigentlich?«

Marc hatte fast Schwierigkeiten, nach den Jahren bedächtigen Lebens mit den Yans sich dem schnellen Tempo anzupassen. Morag wandte sich an ihn. »Sie müssen ihn entschuldigen, er ist immer schrecklich aufgeregt und kann es gar nicht erwarten, wenn er ein neues Projekt in Angriff nimmt.«

Chart grinste. »Sie hat leider recht. Verzeihen Sie, daß ich Sie so mit meinen Fragen überfalle. Doch trotzdem, können Sie es mir nicht sagen? Ich muß es unbedingt wissen.«

»Nun ...« Marc zögerte. »Es dient hauptsächlich der Bevölkerungsstabilität. Aber das haben Sie doch bestimmt schon gehört.«

»Ja, natürlich! Ich habe Kilometer, Lichtjahre, ja Parsek von Informationsbändern darüber!« Chart hob die Hand, und ein Teil der sie umgebenden Lichtung verschwand. Statt dessen erschien eine Satellitenaufnahme eines der seltenen – vielleicht alle zehn bis fünfzehn Jahre nur – im Freien stattfindenden *Sheyashrims,* an dem die Bevölkerung gut einer halben Stadt beteiligt war. Mark kannte diese Videostreifen, trotzdem rann ihm auch jetzt wieder ein kalter Schauder den Rücken hinab, als er diese Menge erwachsener Yans sich zu einem Haufen zuckender, ineinanderverschlungener Körper ballen sah. Es hatte damals acht Tote gegeben.

»Es ist nicht schwierig zu erfahren, daß sich nach einer Geburt die erwachsenen Yans in einzelne Gruppen zusammentun und diese Droge trinken, die jene für rationelles Denken zuständigen Gehirnzellen lahmlegt, und daß die physischen Reaktionen von einem besonderen Ganglion im unteren Teil des Rückgrats gelenkt werden, demselben Ganglion, das beim Geschlechtsverkehr aktiv wird. Ist das richtig?«

Geschlechtsverkehr ...

Plötzlich erinnerte sich Marc an alles, was er über Morag Feng gehört hatte. »Ja – es stimmt!« erwiderte er schwach und fragte sich, ob Alice Ming bereits von Morags Rückkehr erfahren hatte.

»Sie nehmen es mir hoffentlich nicht übel«, murmelte Chart, »aber da Sie – mit einem yannischen Mädchen zusammenleben, wollte ich Sie über die gegenseitige geschlechtliche Verträglichkeit befragen.«

Ärger begann in Marc aufzuwallen, aber Morag kam einer eventuellen wütenden Entgegnung zuvor. Sie blickte ihn an und lächelte.

»Gregory weiß darüber bisher alles nur aus der Sicht einer Frau, darum interessiert ihn natürlich auch die Meinung eines Mannes.«

Marc lehnte sich im Stuhl zurück – der Wind war ihm aus den Segeln genommen – und griff mechanisch nach dem frischgefüllten Becher. »Sie wissen vermutlich, daß die Yanfrauen dieses Organ, die *caverna veneris*, haben. Wenn es mit dem männlichen Glied in Berührung kommt, beginnt es zu pulsieren und reibt davon winzige Hautschuppen ab, die die Befruchtung herbeiführen. Es ist keine sehr wirksame Methode, denn obwohl die Yans ab einem Alter von vierundzwanzig bis hundertfündunddreißig Jahren sexuell aktiv sind, wird eine Yanfrau im Durchschnitt nur zweimal in ihrem Leben schwanger. Es ist anders als bei uns, es gibt kein Spannungselement und auch keinen eigentlichen Orgasmus, keine Klimax, aber es ist ausgesprochen – äh – befriedigend für sie, darum praktizieren sie es auch sehr häufig. Es hängt eine starke emotionelle Verbindung damit zusammen. Es ist anders als die körperliche Liebe zwischen menschlichen Partnern. Mehr wie – äh – eine Vereinbarung, zusammen zu einem anderen Planeten zu reisen oder so etwas. Eine – Art Verpflichtung.«

Er nahm hastig einen tiefen Schluck Wein.

»Und der Mann übt diesen gleichen – wie nannten Sie es – pulsierenden Effekt aus?« forschte Chart weiter. »Ich verstehe. Und es wird durch dasselbe Ganglion gelenkt, das sich während *Shrimashey* aktiviert, und – und es ist auch für einen Menschen sehr befriedigend?«

Charts Ton stieß Marc ab. Er klang wie ein Voyeur, pervers, schmutzig. Marc holte zu einer hitzigen Entgegnung aus – obwohl er nie in einem einzigen Satz erklären könnte, was es ihm bedeutete, Shyalee als Geliebte zu haben –, als Morag scharf mit Ja antwortete.

Leise echote er ihr Ja, denn er mußte zugeben, daß das gleiche tatsächlich auch für einen Mann zutraf.

»Aber kein Höhepunkt«, murmelte Chart. »Sollte doch eine Spur Wahrheit darin sein, daß *Shrimashey* selbst eine Art Orgasmus darstellt – eine unmittelbare Entladung neurotischer und antisozialer Tendenzen?«

Abrupt vergaß Marc den Ekel, den er über Charts vorherige Bemerkung empfunden hatte, und verspürte fast etwas wie Respekt für ihn. Wenn Chart sich diese Meinung zu bilden vermochte, mußte er sehr tief in die von Menschen gesammelten Daten über die Yans eingedrungen sein.

»Es gibt eine dementsprechende Theorie«, gestand Marc und nippte an seinem Wein. »Ich halte sehr viel davon. Es ist eine bekannte Tatsache, daß der Orgasmus bei den Menschen Spannungen abbaut. Man sollte bei den Yans eigentlich ein ähnliches Bedürfnis erwarten, aber was man bei ihnen findet, ist ...« er zuckte die Schultern.

»Statt dessen Katharsis«, führte Chart den Satz zu Ende.

»Richtig. Ja, ›Katharsis‹ ist das Wort, das dem Begriff von *Shrimashey* in der menschlichen Sprache noch am nächsten kommt.«

»Und es funktioniert«, brummte Chart.

»Irgend etwas funktioniert«, parierte Marc. »Zumindest ist ihre ...«

»Ist ihre Gesellschaft seit Jahrtausenden stabil«, endete Chart auch diesen Satz für ihn. »Ich habe darüber gehört. Aber was mich am meisten interessiert – wußten Sie, daß in den letzten hundert Jahren auf Yan eine regelmäßige Volkszählung stattgefunden hat?«

»Was sagen Sie da?« Marc starrte ihn ungläubig an. »Aber die Yans ...«

Ach doch nicht von den Yans. Von uns!

»Ah, ich sehe, Sie haben begriffen.« Chart lächelte. »Ja, seit unserem ersten Kontakt mit ihnen haben wir regelmäßige Volkszählungen durchgeführt. Wußten Sie, daß es immer eins Punkt acht mal zehn hoch sieben Yans sind, und daß sich im ganzen vergangenen Jahrhundert nie eine Abweichung von mehr als *fünf* ergab?«

Marc zuckte so heftig zusammen, daß er sich den Wein über die Hand goß. »So genau kann es doch gar nicht sein«, flüsterte er heiser.

»Die Volkszählung?«

»Nein, der – der Bevölkerungskontrollmechanismus«, stammelte Marc.

»Offenbar schon«, warf Morag ein. »Als ich von hier wegging – Sie wußten doch, daß ich früher schon einmal hier lebte? –, war ich fest entschlossen, alles über Yan herauszufinden, bis zur letzten Einzelheit, die die Erdenbürokraten so erschreckt, daß sie sie ängstlich geheimhalten. Ich erinnere mich nicht mehr, wie viele Männer ich verführen mußte, ehe ich erfuhr, was ich wissen wollte. Aber es war auch für Gregory recht gut, daß ich es tat.«

Sie tauschte ein burschikoses Lächeln mit Chart, das ihn seltsamerweise nicht jünger, sondern älter erscheinen ließ.

»Vielleicht ist es die Art und Weise, auf die ich immer gearbeitet habe«, murmelte Chart, »indem ich jeweils die neuesten technischen Errungenschaften – wie beispielsweise dieses Schiff, das sie mir auf Tubalcain bauten – für meine künstlerischen Ziele nutzte. Aber durch Morags Anregung habe ich eine Anzahl von normalerweise nicht entdeckbaren Schemata in der yannischen Kultur aufzuspüren vermocht. Die Präzision, mit der *Shrimashey* die Bevölkerungsziffer stabil hält, ist jenen, die die Volkzählungen veranstalten, natürlich bekannt. Aber sie haben nichts mit diesen Daten unternommen, außer sie aufzuzeichnen. Ein Sexualreflex, der eine Bevölkerungstechnik dieser Präzision einschließt, fasziniert mich. Genauso fasziniert mich das Vorhandensein einer Droge, die dieses *Shrimashey* überhaupt erst hervorruft. Ich fühle geradezu einen Zwang, das Erbe dieser sogenannten Dramaturgisten zu übernehmen. Der Mutineblitz, das Mullom War, die Menhire, das sind nur statische Objekte, nicht wahr? Aber das andere, das ist ein Prozeß, der in den Erwachsenen eine an Zahl starken Spezies verwurzelt ist und seit Jahrtausenden planvoll abläuft. Und noch ein weiteres: die Mutine Epik, die Sie übersetzen!«

»Was ist damit?« drängte Marc.

»Wie viele Bände gibt es davon?«

»Wieso – elf natürlich.«

»Ich glaube, es gibt zwölf«, sagte Chart überzeugt. »Ich glaube, ich habe etwas entdeckt, das Sie – mit Verlaub – übersahen. Die Epik ist nicht nur eine Lyriksammlung, sondern ein *technisches Handbuch*, das einzige, was fehlt, ist der Schlüssel dazu.«

XII

Nach kurzem Nachdenken gestand Marc: »Ich fürchte, ich verstehe Sie nicht ganz.«

»Alchimie.« Chart lächelte. »Sind Ihnen die Handbücher über Magie und Alchimie bekannt, die man vor ungefähr fünfzehnhundert Jahren auf der Erde schrieb?«

Aus dem Ton war unschwer zu entnehmen, daß er sie natürlich kannte. Marc mußte zugeben, daß er nicht mit ihnen vertraut war.

»Ich mußte sie studieren, als ich das letzte Mal einen Auftrag des Kontinents Europa annahm.« Chart leerte seinen Becher und gestattete dem Krug, ihn wieder zu füllen. Sein ganzes Benehmen war das eines Mannes von unerreichbarer Kompetenz und Nonchalance. »Sie waren in einer Art Assoziationsbasis aufgebaut und verwendeten konventionelle Symbole wie Drachen, astrologische Zeichen und ähnliches. Vorausgesetzt, man war mit diesen Symbolen vertraut, konnte man sie relativ leicht lesen. Nichteingeweihte vermochten sich jedoch keinen Sinn daraus zu machen. Ich bin überrascht, daß Sie mit dieser Materie nicht vertraut sind. Nichts, das mir bisher untergekommen ist, ähnelt auch nur im entferntesten der Mutine Epik so sehr wie diese alchimistischen Handbücher.«

»Aber die Übersetzung, die Sie kennen, ist stümperhaft«, sagte Marc rasch. »Vor ein paar Jahren war ich noch so stolz darauf, aber jetzt kenne ich ihre Mängel.«

»Lassen sie sich denn nicht korrigieren?« fragte Chart.

»Ich ...« Marc fuhr sich mit der Zunge über die Lippen. »Einige schon«, gab er schließlich zu.

»Sehr schön. Wie Sie inzwischen sicher erkannt haben, ist dieses Schiff mit einem der höchstentwickelten Computer überhaupt ausgestattet. Es ist das neueste Modell von Tubalcain mit einer Arbeitsleistung von ungefähr sechzehn Megagehirnen. Das ist gut drei- bis viermal soviel wie man beispielsweise für die Aufrechterhaltung eines Go-Boards benötigt. Im Augenblick habe ich den Computer mit zwei Versionen der Mutine Epik gefüttert – Ihre Übersetzung und die Ablichtung des Orginals, das Sie der Universität überließen, die sie veröffentlichte. Er soll sie mit all den alchimistischen Handbüchern vergleichen und in Einklang bringen, die ich im Laufe der Zeit entdecken konnte. Bisher wurde vor allem im Stil eine große Ähnlichkeit gefunden. Ich würde sagen, daß die Dramaturgisten Yans, die sogenannten ›großen Wissenschaftler‹, gar keine waren, sondern lediglich von einem ausgeprägten ästhetischen Empfinden geleitet wurden. In anderen Worten – sie waren Künstler.«

»Merkwürdig«, murmelte Marc nach kurzer Überlegung. »Kurz bevor Morag mich fand, dachte ich mir, daß Sie der einzige Mensch sind, den man in etwa mit den yannischen Dramaturgisten vergleichen kann.«

»Interessant!« Chart hob die Brauen. »Das ist eine Parallele, die mir ebenfalls nicht entgangen ist.« Ohne falsche Bescheidenheit fuhr er fort: »Selbst durch den Filter dieser Übersetzung, die Sie nun herabsetzen, spürte ich eine Art Rapport.«

»Nun, Ihre – Ihre Annahme, die Epik sei ein technisches Handbuch«, kehrte Marc zu dem Punkt zurück, der einen tiefen Eindruck auf ihn machte und ihn sehr beschäftigte, »ist natürlich eine – nun sagen wir, eine interessante Hypothese. Doch welche Beweise haben Sie dafür?«

»Ich glaube, ich werde das Schiff um seine Meinung fragen.« Chart zuckte die Achseln. »Es ist gerade dabei, das Gespräch zu analysieren, das ich soeben mit Kaydad, Goydel und Vetcho führte.« Er blickte Marc fragend an. »Doch bevor ich es konsultiere, noch ein Punkt, den ich klarstellen möchte: Gehe ich richtig in der Annahme, daß die Yans ihre – ihre konservativsten Angehörigen für Verhandlungen mit uns Menschen ausgewählt haben? Das jedenfalls deutete ich dem Computer an.«

»Oh, absolut!« bestätigte Marc. »Etwas, das man in der

Enklave vielleicht noch nicht gehört hat, aber das ich in Prell erfuhr. Die Yans betrachten ihre Gesellschaftsstruktur als Turm, wie das Mullom Wat, das gerade so flexibel ist, um Stürme zu ertragen, ohne sich ihnen entgegenzustemmen. Und die Turmspitze, jenes Stück, das den stärksten Schwankungen ausgesetzt ist, muß selbstverständlich aus bestem Material und sorgfältigst hergestellt sein.«

»Ich verstehe.« Chart rieb sein Kinn. »Das Mullom Wat, wenn ich mich recht erinnere, ist *das* antike Bauwerk, das zu kopieren uns die größten Schwierigkeiten machen würde, richtig?«

»Stimmt!« Marc war nun ganz in seinem Element. Er lehnte sich vor und stützte die Ellbogen auf die Knie. »Ja, es ist sogar erstaunlicher als die Mutine Mandala: Es ist eine aus einem Stück bestehende eiförmige Säule in der Mitte des Scandischen Ozeans. Sie ist hundertunddreißig Meter lang und durch zwanzig Meter Wasser in fünfzehn Meter Felsgrund und Schlamm versenkt. Sie haben vermutlich davon gehört, daß die Ingenieure der ersten Expedition, welche Yan entdeckte, sich den Kopf darüber zerbrachen, wie man das Wat nachbilden könnte, aber außer es vertikal in den Boden zu schießen, gibt es keine Möglichkeit. Der Meeresgrund um die Säule herum zeigt jedoch keinerlei Spuren von Gewaltanwendung, außerdem hätte das Material, aus dem das Wat gefertigt ist – eine Art porzellanähnliche Keramik – das nie ausgehalten.«

»Ja, ich habe davon gehört.« Chart nickte. »Aber es erfüllt doch keinen Zweck, ich meine, auf die Art wie die Mutine Mandala, oder?«

»Nun, bei starkem Wind dröhnt es wie eine Orgelpfeife«, entgegnete Marc, »das ist alles.« Er wandte sich an Morag. »Sie sind doch die erste gewesen, die den Mutineblitz im Inneren der Mandala über sich ergehen ließ, nicht wahr?«

Ihre Hand krampfte sich so um den Weinbecher, daß die Knöchel weiß wurden. Nach einer Weile antwortete sie mit angespannter Stimme: »Ja. Aber bin ich nicht die einzige geblieben?«

»Ich habe es ebenfalls versucht«, gestand Marc.

»Oh, wirklich? Und ...«

»Mein Geist verwirrte sich«, murmelte Marc und blickte auf seinen Becher. »Als ich mich wieder erholt hatte, versprach ich mir, ich würde mich langsam, stufenweise noch einmal daran wagen. Aber ich tat es nicht. Auch den Blitz beobachte ich nicht mehr täglich.«

»Dieser Blitz«, warf Chart ein, »Morag hat mir natürlich davon erzählt. Er ist doch etwas Einmaliges – ich meine als Manifestation einer Funktion – unter den antiken Wahrzeichen. Was, glauben Sie, ist er?«

»Ich weiß nur, was das Epos sagt«, entgegnete Marc.

Chart seufzte. »Ja, es gibt an, der Blitz offenbare das Gesamtwissen ihres Könnens, das die Dramaturgisten in den Kristallsäulen verewigten – eine Art Aufzeichnung, welche die Sonne täglich bis zum Ende aller Tage abspielen würde. Glauben Sie das?«

»Doch. Nur bin ich mir nicht sicher, ob je ein Mensch diese Art von Übermittlung verstehen wird. Ich fürchte, um die Daten aufnehmen zu können, muß man dieses besondere yannische Spinalganglion besitzen, das durch *Sheyashrims* aktiviert wird.«

»Aber die Yans kümmern sich überhaupt nicht um die Monumente ihrer einstigen Größe!« gab Morag zu bedenken.

»Stimmt«, erwiderte Marc. »Nur die Kinder schauen sie sich hin und wieder einmal an, die Alten sind absolut nicht daran interessiert.«

»Und Sie glauben tatsächlich, es liegt am Fehlen dieses Ganglions, daß die Menschen die Mutinebotschaft nicht verstehen?« fragte Chart. »Könnte es nicht auch daran liegen, daß der Ringstaub das Solarspektrum verstümmelt?«

Marc starrte ihn lange an. »Ich wollte – ich wollte, ich

wäre selbst darauf gekommen«, murmelte er schließlich. »Es klingt logisch! Läßt es sich testen?«

»Natürlich! Ich habe bereits damit begonnen, das heißt, der eigentliche Test kann erst morgen mittag beginnen. Wenn die Yans sich ohnehin nie in die Nähe ihrer Monumente begeben, werden sie vermutlich nichts dagegen haben, wenn ich einen Fernlenksensor ins Innere der Mandala schicke, der mit meinem Computer verbunden ist. Seine Aufgabe ist lediglich, Tag für Tag den Blitz aufzunehmen und die Signale aus den Störgeräuschen herauszufiltern. Später hoffe ich dann, die Mandala in meinem Schiff nachbilden und ein simuliertes Solarspektrum benutzen zu können, um die Botschaft abzuspielen.«

»Phantastisch!« rief Marc.

»Sie halten es für eine gute Idee?«

»Gute Idee? Ich finde es einfach großartig!« Marc war ganz aufgeregt vor Begeisterung. Nachdenklich fragte er nach einem Augenblick: »Ist es das, was Sie unter einem zwölften Band der Mutine Epik meinten?«

Chart grinste. »Ja, natürlich. Die Mandala selbst, die seit zahllosen Generationen direkt vor jedermanns Nase liegt.«

»Das Vokabular des Initianden«, murmelte Morag. »Der Schlüssel!«

»Haben Sie Mr. Chart auf diese Idee gebracht?«, fragte Marc sie.

»Vielleicht habe ich Gregory ein wenig inspiriert«, erwiderte sie. »Aber es ist hauptsächlich seiner Erfahrung, seinem einzigartigen Schöpfungsschema zuzuschreiben. Ist Ihnen Gregorys Arbeitsweise vertraut?«

Marc zögerte. »Nein, eigentlich nicht, nur soviel ich über Hyrax gehört habe.«

»Schon wieder Hyrax!« Charts Stimme klang ein wenig verbittert. »Als ob die Befreiung von Sklaven mein einziger Lebenszweck wäre. Ich halte es für verfälschend, ja fast erniedrigend! Ihr Dr. Lem, beispielsweise, warf mir ebenfalls meine Arbeit auf Hyrax vor. Ich sagte ihm, was ich davon halte, aber ich bin überzeugt, er hat mir nicht einmal zugehört. Doch tun Sie es wenigstens, junger Mann. Sie sind ein Poet! Wenn Sie meine Philosophie, meine Methoden nicht verstehen können, kann es niemand!«

Er beugte sich vor, während Marc gespannt wartete. Er vermochte es kaum zu glauben, daß er sich tatsächlich hier in Charts Schiff befand und von dem großen Mann persönlich über dessen Kunst erfuhr.

Ganz plötzlich lebte Chart auf. Das Feuer in seinen Augen verbreitete sich, als habe ein Windstoß aus einem winzigen Funken einen Waldbrand entfacht.

»Sie werden mir recht geben, wenn ich sage, daß die größte kreative Macht unter intelligenten Wesen – jeglicher Spezies – jene ist, die eine Kultur schafft, nicht wahr? *Das* ist die Macht, vor der wir uns alle verbeugen: Dichter, Musiker, Dramaturgen, Philosophen. Der Prozeß, der sich mit unendlicher Geduld verfeinert. Die Totalität, die alles absorbiert. *Das* ist das Meisterstück der Meisterstücke. Und es hat nichts mit Individuen zu tun, außer insofern, als vielleicht für einen besonders talentierten Menschen die Zeit reif ist, einen Eindruck auf die kurzlebigen, dehnbaren, in ständigem Fluß befindlichen Bestandteile der Kultur zu hinterlassen.

Wo sind die Zeugen einer Kultur? In den Museen? Aber nein. In den Kinderliedern, die man den Kleinen vorsingt, in den Idolen, denen nachzueifern man sie lehrt, in den überlieferten Weisheiten der Alten, in den Witzen, die das Benehmen der Gesellschaft karikieren und destillieren wie – wie der Inhalt einer Spritze!

Und sie finden sich auch in den Idealen, die sich die Angehörigen einer Kultur geschaffen haben, in ihren Gewohnheiten, in ihrem Geschmack und in ihrer Vorliebe für irgend etwas.

Seit der Erfindung des Go-Boards steht es uns frei, von einem zum anderen Planeten zu wandern. Wie viele sind es jetzt? Fast hundert. Einundneunzig waren es, glaube ich, als ich mich das letzte Mal dafür interessierte.«

Chart lachte rauh. »Kultur? Auf einer Welt, wo die ersten, die dort ankamen, nichts weiter taten, als den Boden urbar zu machen, ein paar Hütten zu bauen und einige für die Öffentlichkeit notwendigen Einrichtungen, die dann aber weiterwanderten, weil sie die Kolonisten nicht ausstehen konnten, jene, die eine neue Heimat suchten und ihnen von einem Dutzend verschiedener Welten folgten und fast im wahrsten Sinne des Wortes auf die Zehen stiegen. Pah, das ist keine Kultur! Darum schreite ich ein. *Ich mache Kulturen.* Oder ich gestalte sie zumindest um, dramatisiere sie. Ich mache sie lebendig, verständlich, hautnah. Ich habe schon mit den alten Überlieferungen auf der Erde gearbeitet. Zweimal wurde ich bereits von Nordamerika und dreimal von Europa gerufen und je einmal von Asien, Afrika und Australien. Auch Südamerika bat mich, dort einen Auftrag zu übernehmen, aber ich hielt es für angebracht abzulehnen. Ich zog weiter – nach Cinula, Hyrax, Groseille, Logres, Pe t'Shwé! Und überall dort analysierte, studierte, folgerte ich und traf meine Auswahl unter den Witzen, Kinderliedern, dem verstümmelten und durch die Zeit verfälschten Volkswissen, jenen Geschichten und Balladen und Epigrammen und – und Symbolen, welche die gemeinsame Erfahrung von Milliarden Menschen formt. Gibt es eine menschliche Kultur in dieser Galaxis? Wenn ja, dann *weil ich sie schuf!*«

Marcs Mund war trocken, und seine Handflächen klebten naß vom Schweiß. Er konnte dieser stolzen Behauptung nichts entgegenhalten, selbst wenn sein Leben davon abhinge.

»Sie verstehen also? Ich bin jetzt hundertfünfundvierzig Jahre alt. Ich habe für jede von Menschen besiedelte Welt zumindest einmal eine Aufführung kreiert. Die letzte und größte Herausforderung für mich war mein Werk auf Tubalcain, wo sie mir als Teilzahlung dieses Schiff bauten. Eine Kultur auf einer Welt zu schaffen, die fast ausschließlich von Maschinen beherrscht wird, wo es nichts gibt, was nicht von diesen Maschinen hergestellt wird – außer vielleicht hin und wieder einmal ein Kind, das ohne ihre Hilfe in die Welt gesetzt wird –, nicht einmal Luft oder Trinkwasser oder irgendwelche Art von Nahrungsmitteln. Aber ich habe es geschafft! Und nicht einmal mit diesem Schiff, sondern mit meinem alten, das ich bereits ein halbes Jahrhundert benutzt habe. Und mit meinem Gehirn!«

Er drückte seine Handflächen gegen seine Schläfen, die Finger ausgestreckt, daß es aussah, als wüchse ihm ein Geweih.

»Was – erhielten sie auf Tubalcain?« flüsterte Marc.

»Das Bewußtsein, zur menschlichen Gesellschaft zu gehören«, antwortete Chart. »Was sonst? Ich tat, was ich immer tue – ich dramatisierte. Haben Sie schon einmal davon geträumt, von – aber ich weiß ja nicht, wer Ihre Helden, Ihre Idole sind – nun, sagen wir, von Ihrem Lieblingshelden gebeten zu werden, ihm bei dem Abenteuer beizustehen, das ihn zum Helden machte? Oder von den Eroberern, die Ihren Planeten für Sie bezwangen, die Sie in ihren Reihen willkommen hießen, um Sie an ihrem großen Sieg teilnehmen zu lassen? Einmal, in Asien, gab ich innerhalb eines Monats dieses Dazugehörigkeitsgefühl hundertachtundachtzig Millionen Menschen. Aber es war einfach, die Erde ist ja so unglaublich reich an Tradition.«

Er lehnte sich in seinem Stuhl zurück. »In zehntausend Jahren«, prophezeite er, »wird man mich als die bindende Kraft in der Kolonisierung fremder Planeten durch die Menschen anerkennen. Nun wäre die richtige Zeit, mich auf meinen Lorbeeren auszuruhen. Zu dumm, daß ich noch völlig gesund und schaffensdurstig bin und absolut keine Lust habe, mich zurückzuziehen. Gäbe es Morag nicht, die sich mir anschloß und mich überhaupt erst auf Yan aufmerksam machte, vielleicht würde ich jetzt Trübsal blasen.«

Er verschränkte die Arme über seinem Bauch. »Es heißt, daß die Yans, ohne menschlich zu sein, uns doch erstaunlich ähneln. Großartig! Sie haben eine Kultur, die unter dem sanften, kaum merklichen Einfluß der kleinen Erdenenklave zu schwanken beginnt. Bedarf sie einer Stütze, einer Redramatisierung, nachdem sie für ihre Träger nach so vielen Jahrtausenden nicht mehr als Folklore, als alte Legende ist? Genau diese Frage wollte ich erst dem Schiff stellen. Doch jetzt dürfte es eigentlich die Analyse des Gesprächs mit der yannischen Delegation beendet haben.«

Marc zuckte zusammen, als genau in diesem Moment dieselbe Stimme ertönte, die er vernommen hatte, als er mit Morag an Bord gekommen war. »Die Analyse bestätigt die Hypothese. Die Yans sind sich der Verwundbarkeit ihrer Kultur, verglichen mit den überlegenen materiellen Errungenschaften der Menschheit, bewußt. Die *Hrath*-Gruppe der Yans sucht deshalb nach Möglichkeiten, die große Vergangenheit zu reaktualisieren, um so dem Nachäffen des menschlichen Gehabes durch die jüngere Generation entgegenzuwirken. Ihre volle Unterstützung ist gewiß.«

Als das Schiff geendet hatte, wandte Chart sich wieder an Marc. »Dürfte ich auf die Unterstützung des größten lebenden Interpreten yannischer Lyrik hoffen? Ich glaube, ich werde Sie benötigen. Maschinen – wie ich auf Tubalcain feststellen mußte – lassen doch viel zu wünschen übrig.«

Marc saß einen langen Moment wie erstarrt, während die Gedanken durch seinen Schädel wirbelten. Einerseits bestand das Risiko, die so lange stabile yannische Gesellschaft zu derangieren, wenn menschliche Mentalität die sorgsam gehegten Träume aktivierte. Andererseits war die Versuchung zu groß, zu Charts erster Aufführung beizutragen, die auf die Tradition einer fremden Spezies aufbaute.

Und wenn Chart recht hat und es ihm wirklich gelingt, zu dem Schlüssel zu gelangen, der die Mutine Epik in ein technisches Handbuch verwandelt …

Ganz plötzlich sagte er, ohne eigentlich die Entscheidung schon getroffen zu haben: »Aber natürlich!«

XIII

»Eine – eine Botschaft, Vorsteher«, rief Erik Svitra nervös, als er die Wohnfläche in Chevskys Haus durchquerte. Irgendwie schien er nun mitverwickelt zu sein, seit der Vorsteher ihn auf dem Rückweg von Charts Schiff getroffen und ohne ihn lange zu fragen mit sich genommen hatte. Es war ein ständiges Kommen und Gehen in diesem Haus, und sein Eigentümer benahm sich wie ein Herrscher alter Zeit, der Audienz gab. Erik kam der blasphemische Gedanke, daß der einzige von der Erde ernannte Beamte dieser Enklave sich selbst ein wenig mehr außerhalb umsehen wollte, um ein unverfälschtes Bild zu erhalten. Aber er war ja nur ein Fremder auf dieser von Eingeborenen regierten Welt, und vielleicht machte man es hier eben anders.

Chevsky unterbrach sein Gespräch mit dem Ehepaar Smith und fragte: »Was für eine Botschaft? Na, sagen Sie schon!«

»Sie ist für Sie persönlich bestimmt«, erwiderte Erik und hielt ihm die kleine versiegelte Nachrichtenkapsel entgegen, die das Communet eben ausgespuckt hatte. Immer wieder staunte Erik, wie technisch fortgeschritten und anderen, größeren menschlichen Siedlungen überlegen die kleine und relativ arme Enklave ausgestattet war, und er fragte sich, warum das wohl der Fall war.

»Entschuldigen Sie mich«, bat Chevsky und drückte den Daumen auf die Kapsel. Sie zögerte einen Augenblick, bis sie ihn identifiziert hatte und ihren Inhalt freigab.

»Dieses verdammte Weibsstück!« keuchte Chevsky, als er gelesen hatte.

Die Smiths' und Erik und alle anderen, insgesamt neun Personen im Raum, starrten ihn an. Erik hatte zwar ihre Namen alle erfahren, aber seit seinem Experiment mit der *Gifmak*-Droge schien sein Gedächtnis Lücken aufzuweisen.

»Sid!« knurrte Chevsky verächtlich. »Es ist ein Komplott, das ist es. Sie wollen mir eins auswichen.«

»Wer?« fragte Rachel Smith.

»Lem – und die Pokorod – und Ducci – und der Rest dieser wichtigtuerischen Bastarde!« Chevsky knüllte Kapsel und Botschaft zusammen und feuerte beides in die Abfallverwertung. »Wißt ihr, was sie jetzt ausgeheckt haben?«

Schüttelnde Köpfe um ihn herum.

»Sid ist fort. Sie hat heute früh eine Go-Board-Route genommen, ohne überhaupt noch mit mir zu reden!« Große Tränen des Selbstmitleids bildeten sich in seinen Augen. Rachel reichte ihm ein Papiertaschentuch.

»Sie war nicht viel wert!« stieß er zwischen Schluchzen hervor. »Aber sie war meine Frau, und ein Mann braucht schließlich eine Frau.«

Die Köpfe, die sich vorher geschüttelt hatten, nickten nun.

»Ohne Abschiedswort!« stammelte Chevsky.

Wie sie das wohl geschafft hat? fragte sich Erik. *Vermutlich hat sie sich ein paar Kredits auf die Seite geräumt. Denn bestimmt hat er darauf bestanden, allein über ihr gemeinsames Konto zu verfügen. Die Glückliche! Ich wollte, ich könnte mir auch eine Go-Board-Programmierung leisten!*

»Nun reicht es mir aber!« polterte Chevsky. »Wir werden eine Versammlung einberufen und ein Gesuch an die Erde weiterleiten, daß diesen eingebildeten Bastarden das Handwerk gelegt wird. Schließlich möchten wir, daß Chart hier seine Vorführung gibt, richtig?«

»Richtig!« riefen die Stimmen im Chor.

»Selbst wenn es eine Vorführung ist, die auf die einheimische Überlieferung aufgebaut ist, nicht auf unsere!« Chevsky streckte die Hand aus, und jemand reichte ihm ein Glas mit einer Art Bier gefüllt. Erik hatte es gekostet, fand es jedoch zu säuerlich.

»Vielleicht hilft uns das große Können des berühmten Künstlers Gregory Chart, unsere eingeborenen Nachbarn besser zu verstehen.«

Erik war ziemlich sicher, daß die etwas primitive, aber gerissene Rachel Smith ihm das eingeredet hatte.

»Auf jeden Fall aber«, fuhr Chevsky fort, »können wir von Glück reden, daß Erik dort nicht nur half, mein Gesicht zu wahren, als dieses Miststück von einem Weibsbild mich nicht weckte ...«

Verschiedene Gesichter lächelten Erik zu, dem das absolut nicht behagte, aber aus gewohnter Höflichkeit erwiderte er das Lächeln.

»... sondern auch noch die Reportermaschine aufklärte, der es Gott sei Dank gelang, über das Go-Board zu verschwinden, ehe Ducci sie zurückhalten konnte. Wie ich erfahren habe, stammte sie sogar direkt von der Erde, wohin sie auch zurückkehrte. Es ist also als sicher anzunehmen, daß die Kunde von Charts Ankunft auf Yan sich bereits über die ganze von Menschen besiedelte Galaxis verbreitet hat. Das wiederum bedeutet, daß wir bald berühmt sein und viele Besucher bekommen werden, was sich wiederum günstig auf unsere finanzielle Situation auswirken wird.«

»Ich sehe Pedro Philipps nicht hier.« Erik wußte nur, daß der Sprecher Boris Dooley hieß und ein Kollege der beiden Smiths war.

»Na und?« knurrte Chevsky.

»Philipps ist der Kaufmann der Enklave«, entgegnete Boris. »Wenn sich geschäftliche Vorteile aus der Sache holen ließen, wäre er doch sicher auf unserer Seite. Ich möchte wissen, warum Dr. Lem, Dr. Pokorod und der Rest der Gruppe solche Angst vor Chart haben.«

Einen Augenblick herrschte abweisendes Schweigen. Erik begann plötzlich, ohne daß er eigentlich die Absicht zu sprechen gehabt hatte. »Ich ...«

Aller Augen hingen an ihm. Er fuhr sich mit der Zunge über die Lippen.

»Ich bin erst vor ein paar Tagen hier angekommen und habe kein Recht, mich hier einzumischen. Aber ich war beruflich auf vielen Planeten – mehr als dreißig bisher –, und irgendwie habe ich ein ungutes Gefühl wegen dieses

Chart, der doch ein Erdenmensch ist und diese uralte yannische Szene neu aufleben lassen will. Was ich meine ist, es gibt doch Dinge hier, die wir nicht nachahmen können, hab' ich recht? Und es sind doch bestimmt eine Menge Yans, die uns Menschen nicht mögen. Ich meine ...«

Er hob hilflos seine klobigen braunen Hände. »Ich meine, ich spüre etwas *Ungutes*«, murmelte er schließlich. »Der letzte Ort, an dem ich sein möchte, ist der Planet, auf dem Chart loslegt. Darüber hab' ich lange nachgedacht.«

Es war nicht schwer festzustellen, daß er bei einigen der Leute im Raum eine wunde Stelle getroffen hatte. »Passen Sie auf, Erik, mein Junge«, brummte Chevsky ein wenig barsch. »Sie sagten selbst, daß Sie gerade erst angekommen sind. Überlassen Sie es uns, uns Gedanken über die Situation hier zu machen. Okay? Genießen Sie Ihren Aufenthalt auf Yan – oder verziehen Sie sich wieder über das Go-Board. Wir kümmern uns um unsere Angelegenheiten ganz gern selbst. Und *wir* wissen auch, was wir zu tun haben!«

»Verzeihen Sie!« murmelte Erik und suchte sich einen Stuhl in der entferntesten Ecke.

»Okay!« fuhr Chevsky fort. »Wir sprachen davon, eine Versammlung einzuberufen, richtig? Ist jemand dagegen?«

Niemand rührte sich.

»Na, schön, dann machen wir uns daran. Es ist wohl keine Übertreibung, wenn ich feststelle, daß wir in diesem Raum im Augenblick einen guten Querschnitt der einflußreichsten Bürger der Enklave haben, und wenn wir es richtig anpacken ...«

Erik hörte nicht mehr zu. Er rechnete aus, ob seine restlichen Kredits genügen würden, ihn über das Go-Board zu einem anderen Planeten zu bringen. Es mußte ja nicht unbedingt eine Welt sein, wo er seinen Beruf ausüben konnte – solange er nur von hier wegkam.

Jedesmal, wenn irgend jemand auch nur Charts Vorführung für die Einheimischen erwähnte, lief es ihm kalt den Rücken hinab. Und er hatte längst gelernt, daß er sich auf seinen sechsten Sinn verlassen konnte.

Natürlich war es bedauerlich, daß er sich kein Yanmädchen angeln konnte, um zu sehen, wie es mit dieser sexuellen Verträglichkeit wirklich bestellt war, aber es drängte ihn, so weit und so schnell wie möglich aus Charts Nähe zu verschwinden.

Großer Künstler! Was entschuldigte das nicht alles? Durfte er vielleicht sogar eine Sonne zur Nova machen, nur um den plötzlichen Temperaturanstieg auf ihren bewohnten Planeten zu studieren?

Zu ungefähr dem gleichen Zeitpunkt:

»Gibt es eine Möglichkeit, uns selbst zur legalen Gemeinschaft zu erklären?« überlegte Pedro Philipps laut. Als Kaufmann hatte er viel mit interstellarem Handel zu tun und wegen eventueller Infektionskrankheiten oder auch unstabiler, prekärer, örtlicher Wirtschaftssituationen mußte er mit einer Unmenge Bestimmungen und Gesetzen vertraut sein und sie in Betracht ziehen. Weshalb es verständlich war, daß ausgerechnet er an die Legalität dachte.

Genauso logisch schien es, daß gerade Ducci verächtlich brummte. »Legal? Legale Präzedenzfälle gibt es erst *nach* dem ersten Mal – aber gerade hier handelt es sich doch *um* ein erstes Mal, nicht wahr?«

Auf der Veranda, von wo aus man seine berühmte *i*-Hecke bewundern konnte, saßen um Dr. Lem herum in bequemen Gartensesseln jene Leute, an deren Sinn für Verantwortung er glaubte. Sie tauschten ernste Blicke miteinander aus und nickten zustimmend.

»Lassen wir uns noch einmal alles in Ruhe durch den Kopf gehen«, schlug Dr. Lem vor. »Wir wollen ...«

»Was gibt es noch lange zu überlegen«, unterbrach ihn der sonst so beherrschte Jack Shigaraku. Er lehnte sich in seinem Stuhl vor. »Wir wissen, daß Charts Absichten nicht nur von den Affen, sondern auch von den konservativen Älteren mit Begeisterung willkommen geheißen werden.

Wir wissen, daß er sich der Unterstützung Marc Simons versichert hat, der wohl von uns Menschen die Yans und ihre Kultur am besten versteht. Simon hat sich von uns abgewandt, sozusagen. Er ist ein ...«

Er führte den Satz nicht zu Ende, aber alle wußten, was er ungesagt ließ.

»Wenn es nur nicht ausgerechnet Morag Feng gewesen wäre, die Chart hierhergelockt hat«, seufzte Toshi.

»Aber sie war es!« fuhr Pedro auf und lenkte dadurch die Aufmerksamkeit wieder auf sich. »Und wir müssen uns mit der Tatsache abfinden. Was unseren Zusammenschluß als legale Gemeinschaft betrifft, ich habe den Informat konsultiert und ...«

Das Communet summte. Dr. Lem murmelte eine Entschuldigung. Während er noch nach dem schwebenden Nebenapparat auf der Veranda griff, hörte er Pedro weiterdozieren: »Als Quorum der menschlichen Bevölkerung haben wir ein Recht, uns zur politischen Einheit – o verdammt, wie heißt denn das richtige Wort? Ah ja, Partei! –, also zur Partei zu erklären. Wir müssen folgendes tun: Wenn die nächste Bürgerversammlung einberufen wird ...«

Erst jetzt bemerkte er, daß ihm niemand mehr zuhörte. Alle hatten sich umgedreht und blickten auf Dr. Lem und den Miniaturcommunetschirm, der vor seinem Sessel schwebte. Das Bild war schlecht und der Ton kaum verständlich, aber die Charakteristiken dafür um so mehr.

»Das ist eine interstellare Verbindung!« flüsterte Toshi ehrfürchtig. »Psst!« fügte sie unnötigerweise hinzu.

Auf dem Schirm erschien verschwommen und immer wieder verschwindend das Bild einer nicht ganz schlanken, aber recht attraktiven Frau mit dunklem Haar und rosigen Wangen. »Dr. Lem«, begann sie, »ich fand Ihren Namen im Communetverzeichnis als Ältesten und einzigem der Enklave, neben dem Vorsteher, der jedoch gegenwärtig das Communet nicht beantwortet. Ich hoffe, Sie verzeihen deshalb, wenn ich Sie ...«

»Wer sind Sie?« unterbrach Dr. Lem sie, als er sich von seiner Überraschung erholt hatte. »Woher rufen Sie? Was möchten Sie?«

»Ich bin Claudine Shab und rufe von der Erde«, erwiderte die Frau. Die Spannung unter den Anwesenden wurde fast greifbar – ein Anruf von der Erde! Seit Bestehen der Enklave hatte es sicher nicht mehr als ingesamt ein halbes Dutzend gegeben.

»Ich spreche im Auftrag eines Reisebüros, das sich schon lange mit der Absicht trägt, den Touristen eine Ringwelt zu erschließen. Eine Reportermaschine berichtete nun soeben von der Anwesenheit Gregory Charts auf Ihrer Welt, und das wäre die günstigste Gelegenheit ...«

»Verbindung unterbrechen!« befahl Dr. Lem, und gehorsam verdunkelte sich die Scheibe. Er schob den Apparat müde von sich und blickte seine Freunde an. Keiner von ihnen sprach.

»Ich schlage vor«, sagte Dr. Lem schließlich, »daß wir bei der Erdregierung als verantwortliche Parteigruppe – ich weiß nicht genau, aber ich glaube, man nennt es *Lobby* – beantragen, daß Chart von Yan, wenn nötig mit Gewalt, entfernt wird. Es muß unbedingt etwas unternommen werden, ihn daran zu hindern, das Mutinezeitalter wiedererstehen zu lassen!«

XIV

»Jetzt habe ich endlich Gelegenheit, diesen berühmten Mutineblitz persönlich zu sehen«, murmelte Chart und brachte seinen Fluggleiter hoch in der Luft zu einem Ruhestand. Marc hatte schon seit Jahren in keinem mehr gesessen und in einem so vollendeten Modell ohnehin noch nie. Es flog völlig lautlos und verriet nicht einmal durch die geringste Vibration, daß es sich überhaupt bewegte. Zweifellos gehörte auch er zu Charts Honorar von Tubalcain.

Die Sonne begann gerade die Kristallsäulen der Mandala mit einem Hauch von Rot zu überziehen. Chart hatte ihre Ankunft präzise geplant.

»Ist Ihr Detektor bereits in der Mandala?« fragte Marc.

»Ja natürlich. Aber Sie dürfen keine sofortigen Resultate erwarten. Es können Dutzende, ja vielleicht sogar hundert Aufnahmen erforderlich sein, ehe sich die eigentlichen Aufzeichnungen aus den Störgeräuschen filtern lassen. Dieser Staubschleier um die Sonne verzerrt das Spektrum entsetzlich.«

»Er kommt!« rief Morag vom Rücksitz.

Eine Art Feuer ließ die durchscheinenden Säulen plötzlich von oben nach unten aufleuchten. Es war die Vollendung all dessen, was der Mensch je an einem meisterhaft geschliffenen Edelstein bewundert hatte. Reine Farben erstrahlten wie das Klingen einer Glocke, machten solchen in Bänder-, Streifen- und Spiralenform Platz. Perlmutternes Schillern überzog sie und löste sich zu neuen Farbtönen auf, und das Leuchten dahinter wuchs zur unerträglichen Brillanz. Und doch konnten sie ihre Augen nicht davon losreißen. Für Marc – und zweifellos auch für Morag – brachte es schmerzhafte Erinnerungen: Kein Mann und keine Frau denkt gern daran zurück, einmal dem Wahnsinn verfallen gewesen zu sein.

Das wechselnde Farbenspiel erweckte eine Ahnung, ein quälendes, unerfaßbares Drängen, daß man es verstehen müsse. Es war, als fände man einen uralten, halbvergrabenen Felsbrocken und entdeckte, daß er einmal eine Inschrift getragen hatte, aber in Schriftzeichen, die von Menschen benutzt worden waren, welche seit Tausenden von Jahren in ihren Gräbern ruhten.

Ein kurzer, unglaublich blendender Wirbel von optischer Brillanz – und es war vorbei. Die Sonne hatte den Zenit überschritten.

Chart atmete hörbar aus. Marc vermutete stark, daß er die ganzen sechsunddreißig Sekunden des Blitzes den

Atem angehalten hatte. Fast ehrfürchtig sagte er: »So viel! Und in einem so kurzen Augenblick! Das läßt ja meine kleinen Tricks mit der Aurora wie – wie Kindergeschmier wirken!«

»Du sagst es!« murmelte Morag. »Du hast mir wohl nie so recht geglaubt, nicht wahr? Bis jetzt!«

»Ich ...« Chart lehnte sich in seinem Pilotensitz zurück. »Jedenfalls nicht so richtig«, gab er zu. »Und die Yans interessieren sich überhaupt nicht dafür?«

»Ich habe nie einen Erwachsenen den Blitz beobachten sehen«, bestätigte Marc.

»Phantastisch!« Offensichtlich noch ganz benommen, schüttelte Chart den Kopf. »Sie wissen doch, daß ich mit Empfindungskonzentrationspunkten arbeite, nicht wahr? Objekte – Konstruktionen –, deren unterschiedliche Ausstrahlungen beispielsweise die Aufnahmewilligkeit des Publikums erhöhen – aber so etwas Aufsehenerregendes ist mir noch nie gelungen ...«

Nach kurzem Schweigen beugte er sich wieder über die Kontrollen des Gleiters. »Wohin als nächstes? O ja, zu den Gladen Menhiren.«

Und damit zu einer kompletten Besichtigung all der alten Wahrzeichen, denn die Gladen Menhire sind in einer perfekten Linie um den ganzen Planeten verteilt, und zwar auf Land und unter Wasser, in einem exakten Abstand von zweiunddreißig Komma vier Kilometer. Sie alle sind von gleicher Form, aus demselben synthetischen Stein, jeder siebenundsechzig Meter hoch, quadratisch mit einer Kantenlänge von vierzehn Meter mit abgerundeten Ecken. Dann das Mullom Wat, das sich aus dem Skandischen Ozean erhebt und sanft summt, wenn der Wind über seine offene Spitze streift. Danach ein gigantisches Stadion, in eine Art Granit gehauen, mit Bänken für zehntausend Zuschauer, den Blick auf eine leere Wand ausgerichtet. Weiter ein spiralenförmiger Irrgarten, der auf den mittleren Kreis zu und von dort wieder ins Freie führt, scheinbar zweck- und sinnlos.

Sie benötigten allein für die wichtigsten Monumente der nördlichen Hemisphäre einen Tag und eine Nacht. Sie aßen während des Flugs und schliefen, während sie den Ozean überquerten. Zweimal wurden sie automatisch geweckt, als der Gleiter mysteriöse isolierte Objekte umkreiste, die aus dem Wasser ragten, bei weitem nicht so bedeutend wie das Mullom Wat, aber nicht weniger rätselhaft.

Bei jedem Stop bewies Chart, wie intensiv er alles über Yan studiert hatte, ehe er sich auf den Weg gemacht hatte.

Als Anhang zu seiner Übersetzung des Epos hatte Marc eine Liste jener Wahrzeichen angefertigt, die in den Versen erwähnt wurden. Manche waren durchaus nicht schwer zu identifizieren. Die Mutine Mandala, beispielsweise, wurde so oft erwähnt, daß absolut keine Zweifel blieben, was gemeint war, genausowenig wie beim Mullom Wat und einigen anderen. Probleme ergaben sich da, wo nicht feststellbar war, ob ein erwähntes Bauwerk überhaupt die Jahrtausende überdauert hatte – falls es sich in Kralgak befunden hatte, war es sehr zweifelhaft, daß es den ständigen Meteorregen überstanden haben konnte.

Immer wieder fragte Chart, wenn sie ein neues Bauwerk besichtigt hatten, beispielsweise: »Könnte das nicht das Monument sein, das in Buch VI beschrieben ist, wo der Wald durch die Zeit geschoben wird?« Oder: »Das erinnert mich an den Absatz am Anfang von Buch II, wo die Dramaturgisten sich auf dem Hochland treffen.«

Marc staunte nur so, vor allem, weil Chart fast auf den ersten Blick etwas erkannte, das er selbst übersehen hatte. Chart beeindruckte ihn immer mehr.

»So, und nun auf in die südliche Hemisphäre«, sagte Chart schließlich.

Marc starrte ihn ungläubig an. »In diesem – diesem Ding? Sie meinen, quer über Kralgak?«

»Warum nicht? Ich möchte mir die südlichen Wahrzeichen nicht entgehen lassen, und natürlich interessieren mich auch die Wilders.«

Morag lächelte über Marcs verdutztes und ein wenig erschrockenes Gesicht. »Machen Sie sich der Meteoriten wegen keine Gedanken. Der Gleiter ist stabiler, als Sie sich vorstellen. Sie glauben doch nicht, daß wir ein Risiko eingehen würden? Dazu ist uns unser Leben viel zu lieb.«

»Ja, ja, natürlich«, stammelte er. »Ich fürchte, ich bin schon so an die Denkart der Yans gewöhnt, für die ein Überqueren von Kralgak einfach unvorstellbar ist.«

»Es dürfte ein recht beeindruckender Flug werden. Aber nichts unter einem Zwanzigtonnenbrocken könnte den Gleiter auch nur von der Bahn ablenken«, beruhigte Chart ihn. »Wir werden allerdings den Ozean und nicht unmittelbar Kralgak selbst überfliegen. Nach meinen Informationsquellen dürften die meisten der Wilders entlang der Küste des Südkontinents anzutreffen sein.«

Obwohl er es erwartet hatte, mußte er doch die Zähne zusammenbeißen, und die Knöchel seiner Hände, mit denen er sich an seinem Sitz festklammerte, wurden weiß, als er den hellen Schaum auf dem tiefblauen Wasser vor ihnen sah, wo die Zone der ständig herabregnenden Meteoriten begann. Chart jedoch verriet absolut keine Angst, lediglich eine Spur von Aufregung. Hin und wieder machte er eine Bemerkung, wenn ein besonders großer Brocken das Meer aufwühlte und die Gischt bis fast zu ihnen hochschoß. Der ganze Himmel um sie schien von unregelmäßigen Feuerstreifen durchzogen. Als ein kleiner Stein auf die durchsichtige Kanzel traf, zuckte Marc zusammen und blickte erschrocken nach oben. Der Ring schimmerte schwachweiß durch das verwaschene Blau des Himmels.

Ein zweiter kleiner Brocken prallte auf den Gleiter, und Marc fuhr fast aus seinem Sitz. Als er Morag amüsiert lachen hörte, bemühte er sich, nicht mehr hochzufahren. Das Wasser unter ihnen wallte und schäumte wie ein Wasserfall, obwohl es hier gute hundert Meter tief war.

»Großartig!« murmelte Chart. »Einfach wundervoll!«

Ja, das war es auch, mußte Marc zugeben. Obwohl es natürlich kein Ersatz für den Verlust eines halben Planeten war.

»Dort!« rief Chart plötzlich und deutete fast gerade in den Himmel. Ein riesiges Meteorstück, das Tonnen wiegen mußte, brauste rechts von ihrem Kurs herab und erzeugte durch seinen Aufprall im Meer eine ohrenbetäubende Explosion. Wie ein Springbrunnen schoß das Wasser Hunderte von Metern in die Höhe. Der Wind verteilte die Gischt, und ein paar Sekunden verdunkelte das schäumende Naß die Gleiterhülle, bis der automatische Reinigungsmechanismus die Sicht wiederherstellte.

»Ich wollte, ich könnte mir ein wirklich klares Bild der Yans in ihrer großen Zeit machen«, murmelte Chart. »Ich glaube, ich habe zwar eine ziemlich genaue Vorstellung von den Dramaturgisten, aber die Überlebenden geben mir ein Rätsel auf. Marc!«

»Ja?«

»Sie kennen doch die Geschichte der Menschheit. Stellen Sie sich eine Katastrophe größten Ausmaßes auf der Erde vor der Zeit des Go-Boards vor. Einen Krieg, beispielsweise. Hielten Sie es für möglich, daß die Menschen so entmutigt wären, daß sie überhaupt nicht mehr an einen Wiederaufbau dächten?«

»Ja – ich glaube schon. Aber nur, wenn sie in die Barbarei zurückgefallen wären wie die Wilders.«

»Genau. Die Wilders, die wir uns nun ansehen werden, sind ein typisches Beispiel dafür, was der Menschheit hätte zustoßen können, obwohl ich annehmen würde, daß sie zumindest nach ein paar Jahrhunderten neubeginnen und nicht zehntausend Jahre in apathischer Barbarei verharren würde.« Der Feuerregen hüllte sie auf allen Seiten ein, und der Ozean unter ihnen brandete und schäumte, aber er beachtete ihn nicht länger. »Die zivilisierten Yans dagegen! Es ist einfach unvorstellbar. Sie kümmern sich überhaupt nicht um das Verlorene, um die einmaligen Errungenschaften ihrer großen Zeit. Sie sind offensichtlich seit der Katastrophe zufrieden, damit weiterzuleben, sonst nichts.«

»Nein, nicht zufrieden«, warf Morag ein.

»Du denkst an diese Affen? Ja, ich weiß. Aber ihre Unzufriedenheit erwachte erst, als sie mit den Menschen in Berührung kamen. Doch was ist schon ein Jahrhundert verglichen mit den früheren neuneinhalb Jahrtausenden! Es hat fast den Anschein, als hätten die Dramaturgisten einer anderen Spezies angehört. Die Elite der Rasse, könnte man sagen. Eine kleine Gruppe, in der jegliche Initiative, Selbständigkeit und Kreativität vereint war, und als sie verschwand ...« Seine Handbewegung deutete das Rieseln von Sand durch die Finger an. »Und doch waren sie von derselben Spezies, nicht wahr?«

»Ich kann mich nicht entsinnen, daß jemand etwas Gegenteiliges behauptet hätte«, erwiderte Marc.

»Und die Wilders?«

»Ich habe nie selbst einen gesehen«, gestand Marc. »Aber der Informat verfügt über Aufnahmen, die Sie wählen können. Physisch sind sie mit dem Rest der Yans identisch, außer daß manche verkrüppelt oder von Krankheiten verunstaltet sind.«

»Ich verstehe«, Chart nickte. »Ah, klares Wasser vor uns! Wir dürften die Meteoritenzone passiert haben.«

Eine halbe Stunde, nachdem sie die Küste des Südkontinents erreicht hatten, stießen sie bereits auf einen Stamm Wilders. Chart hatte den Gleiter durch einen Deflektorschirm unsichtbar gemacht, und nun war er weder zu hören, noch zu sehen, während er über dem rötlichen Strand schwebte. Der Stamm, den sie entdeckt hatten, bestand aus etwa zwanzig oder fünfundzwanzig Männern und Frauen, deren Zahl ungefähr gleich war, und zwei sehr kleinen Kindern: alle nackt, von Blättergirlanden um Hals und Mitte abgesehen. Sie waren damit beschäftigt, mit spitzen Stecken und auch mit ihren Zehen Sandwürmer aus dem Boden zu graben und sie gleich auf der Stelle zu verzehren. Nur zwei der Männer hoben sie lediglich auf, trugen sie zu den Frauen, welche die Kinder auf den Armen hielten, und traten ihnen die Hälfte ihrer Beute ab.

»Väter?« erkundigte sich Chart.

»Nicht sehr wahrscheinlich«, entgegnete Marc nach kurzem Überlegen. »Ich glaube, ich erinnere mich wieder. Die Informatbänder berichten, daß die Männer abwechselnd für die Kinder sorgen. Das ist eine Art rudimentäre Version der nördlichen Sitten. Es ist Ihnen doch bekannt, daß die Neugeborenen dort in einem besonderen Behälter, einem *Kortch,* zu Verwandten in einer anderen Stadt geschickt werden und ihre Eltern nicht wiedersehen, bis sie fünf oder sechs Jahre alt sind?«

»Aber natürlich. Ich habe die yannischen Familienverhältnisse gründlich studiert.« Chart betrachtete interessiert die Wilders. »Sie sehen tatsächlich nicht anders aus als ihre Vettern im Norden. Jetzt wollen wir sie mal sprechen hören!«

Er drückte auf einen Knopf. Als sich nichts zu tun schien, erkundigte sich Marc, was er denn getan habe.

»Ich habe einen nicht sichtbaren Monitor ausgeschickt«, erwiderte Chart. »Aber die Eingeborenen scheinen nicht sehr gesprächtig zu sein. Hören Sie!« Er drehte an demselben Knopf, und plötzlich vernahm man das sanfte Rauschen der Wellen am Strand, hin und wieder vermischt mit leicht knirschenden Schritten auf dem nassen Sand.

»Sie haben keine Waffen und nur primitives Werkzeug zum Ausgraben von Sandwürmern. Stimmt das?«

Marc nickte.

»Sie dürften geeignet sein«, murmelte Chart plötzlich. »Aber wir müssen natürlich sichergehen. Wir werden uns einen holen, der sich außer Sichtweite der anderen befindet.« Er deutete mit einer Hand auf einen Wildersmann, der gerade hinter einem hohen Felsblock stand, und mit der anderen drückte er auf mehrere Knöpfe auf dem Armaturenbrett. Der Mann erhob sich plötzlich in die Luft, schien zu brüllen, und verschwand.

»Was machen Sie denn da?« verlangte Marc zu wissen.

»Oh, ich studiere ihn nur, um zu sehen, ob er geeignet ist«, antwortete Chart abwesend. »Hmmm. Physisch ein recht brauchbares Exemplar. Vielleicht ein wenig unterernährt, aber das läßt sich ändern. O ja, die Wilders sind durchaus geeignet, wenn der hier ein typisches Exemplar darstellt.«

»Geeignet? Wofür geeignet?« erkundigte sich Marc schleppend. Ein furchtbarer Verdacht stieg in ihm auf.

»Um einen Gehirneingriff vorzunehmen und sie zu programmieren, selbstverständlich.« Chart seufzte. »Ich habe hier ja leider keine Möglichkeit, yannische Androiden herzustellen. Aber wir brauchen unbedingt programmierte Schauspieler für die Aufführung, welche die Rolle der Dramaturgisten übernehmen können.«

»Heißt das, daß Sie den Wilders ihre eigene Persönlichkeit nehmen wollen?« stieß Marc entsetzt hervor.

»Ich habe Ihnen doch soeben gesagt, daß wir programmierte Schauspieler haben müssen!« fauchte Chart.

Marc starrte ihn schweigend an. »Bringen Sie mich nach Prell zurück!« sagte er schließlich. Chart blickte ihn überrascht an.

»Ich sagte, bringen Sie mich nach Prell zurück!« wiederholte er. »Ich will nichts, aber auch absolut nichts damit zu tun haben!« Er ballte die Hände.

»Marc, seien Sie doch vernünftig!« rief Morag und lehnte sich vor.

»Sie haben mich gehört!« brüllte Marc. »Setzen Sie den armen Teufel auf den Boden zurück, und bringen Sie mich heim!«

XV

Was sind wir – Bittsteller?

Immer wieder peinigte Dr. Lem dieser Gedanke, als er an der Spitze der selbsternannten kleinen Delegation zum Heim des Sprechers Kaydad schritt. Ducci marschierte entschlossen neben, die Shigarakus, Harriet und Pedro hinter ihm. Eine Hoffnung, glaubten sie, gäbe es vielleicht noch, ehe sie sich an die Erde um Hilfe wenden müßten, die ja doch ausbleiben würde. An Charts Vernunft zu appellieren war sicher zwecklos; an die Chevskys noch mehr, da dieser so sehr davon überzeugt war, daß eine Vorstellung Charts auf Yan während seiner Dienstzeit als Vorsteher ihn berühmt machen und ihm vielleicht zu einem einflußreicheren Posten auf einem anderen Planeten verhelfen werde.

Aber an die Vernunft der Yans zu appellieren, mochte vielleicht ...

»Gleich sind wir da!« rief Toshi. Sie hatten bereits vor fünf Minuten die kaum erkennbare Grenze zwischen der menschlichen und yannischen Zone Prells passiert.

Nun umgaben sie nicht mehr die kubischen Häuser der Enklave, sondern die fast erdähnlichen der Yans.

»Wo sind sie denn alle?« murmelte Ducci. »So leer hab' ich die Straßen noch nie gesehen!«

»Riechen Sie es denn nicht?« fragte Harriet. »Sie machen *Sheyashrim!*«

»Sie haben recht!« Ducci holte tief Luft. »Mir ist es vorher gar nicht zu Bewußtsein gekommen, obwohl wir bereits an drei oder vier Häusern vorbeigekommen sind, wo ich es gerochen habe.«

Jack Shigaraku holte mit Dr. Lem und Ducci auf. »Sie brauchen es wohl fässerweise!« brummte er.

Drückendes Schweigen senkte sich über sie, als sie daran dachten, daß diese starke Droge in solchen Unmengen hergestellt wurde. Normalerweise benötigten die Yans sie nur für den Tag nach einer Geburt, wenn sie – wie durch einen Impuls kollektiven rassischen Unterbewußtseins – feierlich in Gruppen verantwortlicher Erwachsener tranken, die sich nach dem Genuß wilden Tänzen hingaben und schließlich zu einer tobenden Masse zuckender Leiber verschmolzen.

»Hat das vielleicht etwas mit Charts Plan zu tun?« fragte Toshi, als sie ein paar Meter weitergegangen waren. Ihr Mann schüttelte den Kopf.

»Ich habe nicht die leiseste Ahnung. Sie, Yigael?«

Dr. Lem seufzte. »Wie ich aus dem Mutine Epos weiß, wurde die *Sheyashrim*-Droge erst unmittelbar vor ihrem großen Unternehmen von den Dramaturgisten entwickelt. Aber ich habe es nicht im Original gelesen und kann mich folglich nur an Marcs Übersetzung halten.«

»Dieser Bastard!« sagte Toshi giftig. »Besessen ist er! Wie könnte er sich sonst mit Chart zusammentun! Sieht er denn nicht, wo es hinführen wird?«

Tadelnd wandte sich Dr. Lem ihr zu. »Marc ist von den Bewohnern der Enklave nie sehr freundlich behandelt worden, das wissen Sie genau«, brummte er. »Und Sie und Jack zeichneten sich darin geradezu aus.«

»Einen Moment ...«, begann Jack.

»Es ist schon so!« beharrte Dr. Lem mit ungewohnter Vehemenz. »Ich weiß, daß Ihnen die menschliche Kultur über alles geht und Sie es ihm übelnehmen, daß er yannische Gesellschaft der seiner eigenen Rasse vorzieht. Aber er hat diesen Weg gewählt, um sein gesetztes Ziel zu verfolgen. Ich prophezeie Ihnen schon jetzt, daß wir ihm, noch ehe alles vorbei ist, für sein Verständnis des Yannischen dankbar sein werden. Gestehen wir es uns doch ein! Ohne seine Übersetzungen der Mutine Epik könnten wir uns nicht einmal das geringste Bild dessen machen, was voraussichtlich auf uns zukommen wird.«

»Aber wäre Chart ohne sie überhaupt hierhergekommen?« murmelte Jack.

»Wenn es ihm je eingefallen wäre, für ein nichtmenschliches Publikum eine Vorstellung zu geben, dürfen Sie mir glauben, daß Yan in jedem Fall die logische Folgerung gewesen wäre!«

»Außerdem war es Morag Feng, um genau zu sein, die Chart hierherbrachte, nicht Marc. Das dürfen wir nicht vergessen«, gab Harriet zu bedenken.

»Glauben Sie denn, sie ist hier, um sich zu rächen?«

»Nein. Aus einem viel gefährlicheren Grund. Sie sucht eine Rechtfertigung für ihre Dummheit.«

»Dort ist Kaydads Haus«, unterbrach Dr. Lem das Gespräch. »Und sie erwarten uns.«

Die Glühkugel über der Tür leuchtete grün, um anzuzeigen, daß wichtige Besucher erwartet würden und zufällige zu einem anderen Zeitpunkt wiederkommen sollten.

Vetcho befand sich bei dem Sprecher, was sie angenommen hatten; Goydel ebenfalls, womit sie nicht gerechnet hatten. Mit ausgesprochen steifer Förmlichkeit begrüßten sie die Menschen und boten ihnen Platz auf den üblichen yannischen Sitzkissen an.

Dr. Lem bemerkte sofort, daß nicht alles so war, wie es sein sollte. Als erstes roch er, genau wie auch die anderen, daß hier ebenfalls *Sheyashrim* gebraut wurde. Und dann servierte ihnen die Matrone des Sprechers als Erfrischung das Ghulnußgetränk, etwas ausgesprochen Delikates – aber Gift für Menschen. Eine Tasse verursachte Magenkrämpfe und drei Tassen führten bereits zum Delirium.

Eine Beleidigung. Eine ausgesprochen klug ausgedachte Beleidigung.

Die Begrüßungsformalitäten für eine Gruppe dieser Größe dauerten zwischen fünfzehn und zwanzig Minuten. Danach, nachdem die Matrone sich zurückgezogen hatte, hätte Kaydad eigentlich – wie üblich fand das Gespräch bisher aus Höflichkeit auf yannisch statt – auf die Sprache seiner Besucher überwechseln sollen. Aber er blieb bei Yannisch.

Na schön, seufzte Dr. Lem innerlich und hoffte, daß seine nicht gerade hundertprozentig perfekte Beherrschung der Sprache nicht zu Mißverständnissen führen würde.

»Dies ist der Planet der Yans, nicht der Menschen, auch wenn wir bereits einige unserer Sitten auf Ihre Leute abgestimmt haben«, begann Kaydad. »Wir haben hier eine Angelegenheit von größter Bedeutung zu besprechen, und ich bin als *Elgadrin* der Bevollmächtigte der Yans.« Er benützte auch hier nicht, wie sonst üblich, das irdische Wort Sprecher für *Elgadrin.*

»Sollte Ihr *Elgadrin* nicht der Mann sein, der den Titel ›Vorsteher‹ trägt?« warf der berüchtigt konservative und chauvinistische Vetcho ein.

»Das Amt, das Vorsteher Chevsky innehat, bezieht sich lediglich auf administrative Angelegenheiten innerhalb der Enklave, nicht auf Beziehungen zwischen unseren beiden Rassen, um die es heute geht«, erklärte Dr. Lem. Er hätte sich gern den Schweiß von der Stirn gewischt, entschied sich jedoch dagegen. Irgendwie wäre es beruhigend für ihn gewesen, Pompy bei sich zu haben. Aber die Yans, die keinerlei Haustiere hielten, hätten es als ernstliche Beleidigung aufgefaßt.

»Und worum geht es genau?« erkundigte Kaydad sich jetzt.

»Die Rekreation des Mutinezeitalters durch Gregory Chart.«

»Diese Angelegenheit ist undebattierbar«, erklärte der Sprecher mit steinernem Gesicht.

Das von ihm verwendete Wort war viel stärker und schloß jeglichen Einwand aus.

»Weil sie nicht existiert?« versuchte Dr. Lem es trotzdem und fischte verzweifelt nach den formellen yannischen Worten, die er während seiner ersten fünf bis zehn Jahre auf dem Planeten mit solchem Interesse studiert, später aber vernachlässigt hatte. »Oder weil sie keinen – uh – Einwand erlaubt?«

In dieser alten, so komplexen Sprache hatte das Wort diese zwei trennbaren Bedeutungen.

»Das letztere«, erwiderte Goydel, und die anderen nickten zustimmend.

»Mit anderen Worten«, fuhr Dr. Lem in seiner eigenen Sprache fort, »es wird geschehen, ob wir nun damit einverstanden sind oder nicht.«

Schweigen.

»Ich verstehe«, murmelte er schließlich. »So weit ist es also gekommen, daß die einst so stolzen Yans es aufgegeben haben, ihre glorreiche Zeit selbst neu zu schaffen, und nun einen Menschen anheuern müssen, es für sie zu tun.«

Er wartete und erinnerte sich, daß Chart ihm höhnisch unterstellt hatte, keine Beleidigung mehr formulieren zu können, weil er zu lange unter den Yans gelebt hatte. Das war vielleicht in seiner eigenen Sprache der Fall, aber auf yannisch gelang es ihm offensichtlich recht gut. Noch nie zuvor hatte er auch nur einen Yan so wütend gesehen. Goydel zitterte am ganzen Körper und ballte die Hände zu Fäusten. Kaydad öffnete den Mund wie ein Fisch, brachte jedoch keinen Ton hervor. Nur Vetcho hatte noch so viel Beherrschung, sich zu erheben und mit ausgestrecktem Arm auf die Tür zu weisen.

»Geht!« befahl er. »Geht!«

»Steht langsam auf«, murmelte Dr. Lem so leise, daß nur seine Gefährten ihn hören konnten. »Laßt euch Zeit. Bewegt euch, als wären euch alle Yans völlig gleichgültig. Verabschiedet euch nicht, sondern geht wortlos.« Die anderen gehorchten nervös.

»Als ich nach Yan kam«, sagte er nun laut, »glaubte ich an den Stolz seiner Bewohner. Wie schade, daß sie nun einen fremdrassigen Experten benötigen, um diesen Stolz aufrechterhalten zu können. Wirklich sehr bedauerlich! Eine große Enttäuschung! Man müßte sich vielleicht einen lohnenderen Planeten suchen.«

Als er mit diesen Worten zu Ende kam, stand er bereits

mit dem Rücken zu den drei Yans. Toshi und Harriet waren schon durch die Tür, Jack und Ducci folgten ihnen gerade. Eine Hand fiel auf seine dünne Schulter. Es war das erste Mal, daß je ein Yan einen Menschen im Ärger berührte.

Die Hand riß ihn zurück. Sie drehte ihn herum, und er sah sich Vetcho gegenüber, dessen dunklen Augen im bleichen, maskenhaften oberen Teil des Gesichts glühten.

»Geht oder bleibt, wie ihr wollt!« keuchte er. »Sie behaupten, wir hätten diesen Menschen, diesen Gregory Chart, *angeheuert!* Sie unwissender Narr! Wir kennen Ihren Ausdruck ›anheuern‹, jemanden dafür bezahlen, daß er etwas tut, das er nicht tun will, überhaupt nicht. Chart kam hierher, uns zu bitten, ihm behilflich zu sein, bei etwas, das *er* tun möchte. Wir haben ihm unsere Unterstützung zugesagt, denn wir haben etwas, das Sie nicht haben, etwas, das Sie nie haben werden, dessen Wert jedoch einer von Ihnen, ein Mensch, erkannt hat.«

Pedro und Ducci waren unter der Tür stehengeblieben, um Dr. Lem notfalls mit Gewalt zu befreien, falls es erforderlich werden sollte.

Aber Vetcho ließ seine Hand fallen und atmete schwer. »Vielleicht brauchen Sie tausend Jahre, um zu verstehen, was wir sind, was wir zu tun lernten«, fuhr er fort. »Oder vielleicht verstehen Sie es nie. Wenn Sie es tun, werden Sie sich möglicherweise nicht mehr so überheblich benehmen. *Wir* haben unsere Grenzen schon lange erkannt und beschlossen, innerhalb dieser Grenzen zu leben. Wann werden Sie das erreichen, wenn überhaupt jemals?«

Er schubste Dr. Lem durch die Tür und schlug sie hinter ihm zu.

Als sie gut fünfzig Meter gegangen waren, räusperte sich Pedro. »Oonagh und ich«, Oonagh war seine Frau, »wir dachten bereits daran, uns eine Go-Board-Route auszusuchen. Wir möchten während der Aufführung nicht hier sein. Natürlich werden wir den Laden solange auf Automatik stellen.«

»Sie kann Monate dauern«, warnte Dr. Lem.

»Das wissen wir«, warf nun Jack ein. »Wir haben uns ebenfalls überlegt, die Schule zu schließen – wenn es soweit sein wird, ist hier nicht der richtige Ort für Kinder. Aber die Eltern wollen das nicht einsehen. Chevsky und seine Genossen haben den meisten weisgemacht, daß es das größte geschichtliche Ereignis auf Yan werden wird, das die Kleinen auf keinen Fall versäumen dürfen.«

Jack seufzte. »Wissen Sie, daß die Kinder schon *Shrimashey* spielen?«

»Das ist doch nichts Neues«, brummte Hector Ducci. »Zepp und seine Schulkameraden haben es schon vor Jahren getan!«

»Es war ja auch nichts weiter dagegen einzuwenden, als es nur Entschuldigung für ein bißchen körperlichen Kontakt und gemeinsamer Forschungstrieb war. Aber nun bilden sie sich ein, zu den Spielregeln gehört, daß zumindest einer bewußtlos auf dem Feld zurückbleiben muß.«

»Davon hatte ich keine Ahnung!« rief Ducci überrascht. »Sie, Yigael?«

»Allerdings.« Dr. Lem seufzte. »Und Harriet erst recht, die danach die kleinen Patienten behandeln muß. Es ist wirklich sehr beunruhigend!«

»Werden Sie also auch übers Board gehen?«

»Ich glaube nicht. Ich bin alt, und ich – ich möchte nicht mit dem Gefühl leben müssen, daß es Chart gelungen ist, mich von meinem Planeten zu vertreiben, auf dem ich mehr als dreißig Jahre zu Hause war.«

Ein paar Minuten später begannen sie sich zu trennen, um jeder zu seinem eigenen Heim zurückzukehren, nachdem sie einstimmig beschlossen hatten, nun doch die Erde einzuschalten, obwohl sie bereits vom Informat erfahren hatten, daß die Chance einer Erdintervention eins zu zehn stand. Die Erde war weit, uninteressiert und unfähig, sich um all ihre Tochterwelten zu kümmern. Es genügte ihr, hin und wieder einmal Verbindung aufzunehmen.

»Wenn's zum Schlimmsten kommt, können wir immer

noch einen von uns als Lobbyisten zu den Senatsabgeordneten schicken. Vielleicht hilft das.«

Vielleicht. Aber als Dr. Lem die über seine Rückkehr hocherfreute Pompy begrüßte, zweifelte er daran.

Er spazierte, wie er es sich angewöhnt hatte, auf die Veranda und betrachtete die Aussicht. Ein feiner Dunstschleier hing über dem Go-Board, ein Zeichen, daß es aktiviert war. Vermutlich bereits einer der Neugierigen, die Charts Aufführung für eine Fremdrasse sehen wollten ...

Hinter ihm summte das Communet. Er griff nach dem Schwebeapparat in der Luft und blickte in Duccis Gesicht.

»Yigael, Marc Simon ist nach Hause gekommen.«

»Woher wollen Sie das wissen?«

»Ich habe einen fernlenkbaren Spion bei ihm eingeschmuggelt, der auf ihn abgestimmt ist. Als ich gerade heimkam, stellte ich fest, daß er anzeigte. Er ist auch nicht allein. Die zweite Person ist eine Frau, aber keine yannische. Es handelt sich auf keinen Fall um Shyalee.«

»Morag Feng?«

»Das wäre am nächstliegenden. Aber das Gerät nimmt nicht genügend Einzelheiten auf, als daß ich sicher sein könnte.«

»Ich werde mich mit ihm in Verbindung setzen«, entschloß Dr. Lem sich plötzlich. »Wenn überhaupt jemand Chart zur Einsicht bringen kann, dann dürfte es einer von den beiden sein.«

»Sie werden wohl nicht viel Glück haben, Morag Feng zu überzeugen.«

»Vermutlich nicht.« Dr. Lem versuchte, nicht so entmutigt zu klingen, wie er sich fühlte. »Aber Marc vielleicht.«

XVI

»Shyalee?« rief Marc. Im Haus brannte kein Licht, aber auf Yan war es ja nie völlig dunkel. Selbst in einer wolkenbedeckten Nacht drang immer noch ein Schimmern des Rings durch.

Er schloß die Außentür hinter sich und betrat das Atrium. Auf seinen Lieblingssteinsitz neben dem Bassin hob sich eine schlanke Silhouette ab. »Shyalee!« rief er noch einmal.

»Es tut mir leid.« Die Gestalt erhob sich. »Aber ich bin es nur, Alice Ming.«

»Was machen Sie hier?« Er schritt auf sie zu. »Und wo ist Shyalee?«

»Ich weiß es nicht. Aber sie wird nicht mehr zurückkommen, dessen bin ich sicher.« Alices Gesicht wirkte grau im silbernen Schein des Himmels.

»Was wollen Sie damit sagen?«

»Harry hat mich verlassen.« Ihre Stimme klang, als habe sie lange geweint, bis ihr keine Tränen mehr blieben. »Und Shyalee Sie. Das hat mir Harry gesagt. Oh, das war reine Gewohnheit, ihn Harry zu nennen. Er sagte mir, von nun an ist er wieder Rayvor und wird es auch bleiben, für immer.«

»Aber wieso?«

»Weil sie an das glauben, was Chart tun wird, natürlich. Sie bilden sich ein, daß er die Dramaturgisten zurückbringen und Yans Goldenes Zeitalter wiedererwecken wird. Und sie sind der Überzeugung, daß es wirklich echt sein wird und sie dann tatsächlich etwas haben, worauf sie stolz sein können.«

»Wenn sie das glauben, sind sie verrückt«, fuhr Marc auf. »Es kann nur das sein, was Charts Werk immer ist – ein sorgfältig auf realistisch getrimmter Traum. Und wenn die Vorstellung zu Ende geht ...«

»Nein, nicht hier«, unterbrach ihn Alice. »Nicht auf Yan.

Bei den Menschen ist es so. Aber Harry – ich meine Rayvor – erklärte es mir. Ausführlich! Sprecher Kaydad hatte ihn und Shyalee zu sich gerufen und ihnen den Unterschied klargemacht.«

Eine eisige Kälte drückte auf Marcs Magen. »Und ...?« fragte er.

»Ich habe es nicht verstanden.« Alice preßte ihre Hand gegen die Schläfe und schwankte ein wenig. »Obwohl er es mir eindringlich zu erklären versuchte. Aber er tat es auf yannisch. Er sagte, er wolle nie mehr unsere Sprache verwenden. Was er immer und immer wieder betonte, war, daß Chart kein Mensch mehr sein würde, wenn die Vorstellung zu Ende ist. Er sagte, der größte menschliche Künstler würde zum Imitator der Yans werden. Ein Affe andersherum.«

»Mit wem haben Sie bisher darüber gesprochen, Alice?« fragte Marc schließlich.

»Mit niemandem. Ich dachte mir, Sie würden vermutlich am ehesten verstehen.« Sie musterte ihn neugierig. »Wo waren Sie eigentlich?«

»Auf einer Besichtigungstour der antiken Monumente – mit Chart und seiner Gefährtin.«

»Ist sie wirklich dieselbe Morag Feng, die früher hier war?«

»Offenbar.« Marc war so mit seinen Überlegungen beschäftigt, daß er überhaupt nicht mehr an den alten Skandal dachte.

»Und sie ist entschlossen, sich zu rächen für das, was ich getan habe?«

»Das weiß ich nicht.« Sein Ton war brüsker als beabsichtigt.

»Sie haben recht, ich sollte mir keine Gedanken mehr über etwas machen, das sich nicht mehr ändern läßt. Wir müssen froh sein, wenn wir, nachdem alles vorbei ist, noch ein paar Trümmer aufklauben können. – Warum sind Sie eigentlich heimgekommen? Als ich so im Dunkeln auf Sie wartete, dachte ich, Sie hätten über Shyalee gehört und wären zur Enklave zurückgekehrt.«

»Ich kam zurück, weil Chart die Absicht hat, Wilders zu sammeln, ihre Gehirne auszuschalten und sie künstlich zu programmieren, damit sie die Rolle der Dramaturgisten in seinem Stück spielen können.«

»Aber – aber das wäre ja grauenhaft!« rief Alice aus. »Sie sind zwar Wilde im wahrsten Sinne des Wortes, aber doch – denkende Wesen!«

»Nicht mehr, wenn Chart mit ihnen fertig ist!« versicherte ihr Marc. »Ich war so aufgebracht, daß ich verlangte, sofort zurückgebracht zu werden. Ich will nichts mehr mit diesem Menschen zu tun haben.« Er schüttelte sich. »Und wissen Sie, was das schlimmste ist? Er schien meine Einwände überhaupt nicht zu verstehen! Immer wieder fragte er mich, worüber ich mich so aufrege.«

Mit sichtlicher Anstrengung versuchte er sich zu beherrschen. »Das beste ist, wir sprechen über alles mit Dr. Lem. Kommen Sie!«

»Sie sind doch Dr. Lem?«

Die Stimme war ihm fremd. Einen Augenblick glaubte er, der untersetzte junge Mann sei gerade erst vom Go-Board gekommen. Doch dann erkannte er ihn als Erik Svitra, der sich bereits ein paar Tage auf Yan aufhielt und – wie er gehört hatte – Chevskys Fürsorge ohne große Begeisterung über sich ergehen ließ.

»Stimmt«, brummte Dr. Lem und blieb auf der Straße stehen.

Erik kam auf ihn zugelaufen. »Tut mir leid, Sie zu belästigen, Sir, aber ich wollte sowieso zu Ihnen.« Er schluckte heftig. »Ich möchte – ich möchte mich bei jemandem entschuldigen. Ich habe gerade noch genügend Kredits für eine kurze Go-Board-Route, um von diesem Planeten verschwinden zu können. Aber auf dem Weg zum Go-Board dachte ich mir, daß ich nicht ganz schuldlos an der ganzen Situation bin – haben Sie schon gesehen, wie es auf dem Board zugeht? Die Menschen strömen nur so herbei!«

Dr. Lem musterte ihn im Licht einer nahen Glühkugel. »Warum wollen Sie weg?« erkundigte er sich.

»Ich hab' doch der verdammten Reportermaschine erzählt, daß Chart hier ist, das wissen Sie ja. Deshalb kommen nun die Leute massenweise hierher, um sich von Charts Vorführung berauschen zu lassen. Zum Teufel, Sir, das Ganze macht mir richtig Angst. Dabei kann ich nicht mal erklären, warum. Aber ich dachte mir eben, bevor ich mich auf die Socken mache, sollte ich doch jemandem sagen, daß es mir leid tut, daß ich nicht wußte, was ich anstellte.« Er rang nervös die Hände. »Ja, das wär's wohl. Ich ...«

»Dort ist er ja!«

Beide drehten sich nach dem Rufer um. Marc und Alice, die sich an den Händen hielten, eilten auf sie zu.

»Ich wollte gerade zu Ihnen«, erklärte Dr. Lem erleichtert. »Ist das ...« Er blinzelte durch das vielfarbige Dämmerlicht. »Oh, das ist ja Alice! Marc, ich wollte Sie fragen ...«

»Chart hat etwas Entsetzliches vor«, unterbrach Alice ihn. »Er will Wilders entführen, ihre Gehirne ausschalten und sie zu seinen Marionetten machen.«

Erik legte nachdenklich die Finger auf die Lippen. »Diese Wilders – sind das nicht Vettern der Eingeborenen hier in Prell? Ich weiß durch den Informat über sie Bescheid. Sie sind doch intelligent, nicht wahr? Sie haben eine Art Sprache und Werkzeuge und – und überhaupt!«

Er wirbelte zu Dr. Lem herum. »Dagegen gibt es doch Gesetze, nicht wahr?«

»Ja, die gibt es!« versicherte ihm Dr. Lem. Eine große Last schien von seinen Schultern zu fallen. »Und Chart ist zum Teil sogar Chart dafür verantwortlich, daß sie erlassen wurden. Forscher von Hyrax, die von den Quains ausgeschickt worden waren, hatten nichtmenschliche intelligente Wesen gefangengenommen und für ihre Zwecke mißbraucht. Das löste so einen Skandal aus, daß der neuen

Regierung von Hyrax keine Schwierigkeiten in den Weg gelegt wurden, als sie um die Erlassung eines Gesetzes ersuchte, das solche Verbrechen verbietet. Kommen Sie mit zu mir nach Haus, dann werden wir das Communet konsultieren.«

Er machte kehrt, um wieder heimzugehen. Seine Schritte wirkten viel fester und entschlossener.

»Ach ja«, fiel ihm plötzlich ein, als er ein paar Meter gegangen war. »Wenn Sie ohnehin von hier wegwollen, würde es Ihnen dann etwas ausmachen, einen Umweg über die Erde in Kauf zu nehmen?«

Erik starrte ihn verblüfft an. »Direkt von Yan zur Erde? Aber das ist ja beinah die längste Go-Board-Wanderung, die man machen kann. Woher sollte ich denn die Kredits für eine solche Route nehmen?«

»Zerbrechen Sie sich darüber nicht den Kopf. Im Prinzip sind Sie jedenfalls einverstanden, nicht wahr?«

»Da fragen Sie noch! Solange ich mich erinnern kann, möchte ich schon die Erde besuchen! Doch bisher kam ich hauptsächlich nur zu solchen Planeten, wo mich die Drogenhändler hingeschickt haben.«

»Sehr schön«, freute sich Dr. Lem. »Allerdings nur unter einer Bedingung.«

»Das hab' ich mir schon gedacht. Legen Sie los!«

»Wenn Sie auf der Erde ankommen, müssen Sie sich als erstes zum Ausschuß für die Beziehungen zwischen Menschen und Fremdrassen des Obersten Planetaren Senats begeben und in Details über Charts Pläne berichten.«

»Das ist alles?« erkundigte sich Erik ungläubig. »Aber gern! Für eine freie Reise zur Erde ist das nicht viel verlangt.«

Dr. Lem stieg die Stufen zu seiner Haustür hinauf und öffnete sie. Pompy begrüßte ihn schnurrend. Er hatte sie zu Hause gelassen, weil er ja beabsichtigt hatte, Marc im yanischen Teil Prells zu besuchen.

Die Beleuchtung schaltete sich selbst ein. Die Automaten

summten, berechneten die Anzahl der Gäste und aktivierten den Service. »Wenn Sie eine Erfrischung möchten, dann bitte bedienen Sie sich«, forderte Dr. Lem seine Begleiter auf. Er ließ sich sofort vor dem Communet nieder und begann daran zu schalten.

»Wissen Sie«, sagte Erik, während er ihm interessiert zusah, »das war das erste, was mir in Ihrer Enklave auffiel. Sie haben Communetanlagen, wie ich sie sonst noch nirgends gesehen habe. Und nur für die dreihundert Leute oder so, die hier leben.«

»Das hat seinen Grund«, entgegnete Dr. Lem kurz. »Sie haben recht, die Anlagen sind so fortschrittlich, wie man sie normalerweise nur auf Tubalcain finden kann. Dort wurde sie übrigens auch entwickelt und hergestellt. Der Informat selbst ist so groß, daß er für eine Sechs- bis Siebenmillionenstadt genügen würde. Ah!«

Auf dem Schirm leuchtete die Überschrift: »Allgemeine galaktische Gesetze«, und darunter eine Unmenge von Untertiteln auf. Dr. Lem drückte auf eine der Nummern.

»Stören Sie ihn jetzt nicht«, flüsterte Marc, und Erik gehorchte. Er setzte sich zu Alice auf das hufeisenförmige Sofa in der Zimmermitte.

»Das Communet hier muß sehr umfassend sein«, erklärte Marc. »Sie müssen bedenken, diese kleine menschliche Gemeinde hier hat keine Verbindung mit anderen von Menschen bewohnten Welten, außer durch das Go-Board. Und Sie wissen ja selbst, wie kompliziert und teuer eine Go-Board-Programmierung ist. Also muß das Communet hier dem Gefühl der Isolation entgegenwirken – und auch dem Druck dieser so stabilen und starken Kultur der Yans gleich nebenan. Mich hatte sie richtig gepackt. Um ehrlich zu sein, ich komme noch immer nicht ganz los davon. Immer wieder ertappe ich mich dabei, daß ich mir sehnsüchtig denke: ›Ich möchte so gern, daß das Goldene Zeitalter der Yans wiederaufersteht. Nichts sähe ich lieber!‹ Und das ist auch wahr. Nur ist mein Wunsch nicht so groß, daß ich mein Gewissen darüber vergessen und Chart bei seinem schrecklichen Vorhaben mit den Wilders unterstützen könnte.«

»Er wollte tatsächlich, daß Sie ihm dabei helfen?«

»Natürlich.nicht beim Fangen und Präparieren der Wilders, sondern bei der Übertragung und Erklärung der Mutine Epik, die er als Skript verwenden will. He!« Er sprang vom Sofa auf. »Dr. Lem!«

»Was gibt es?« fragte der Angesprochene, ohne sich umzudrehen.

»Wußten Sie, daß Shyalee mich und Rayvor Alice verlassen hat?«

»Nein. Aber ich glaube, ich kenne den Grund. Hat man sie davon überzeugt, daß die Yans nun selbst ein großes Vorhaben planen, bei dessen Ausführung sie mithelfen können?«

»So ähnlich.«

Dr. Lem nickte und nahm noch ein paar Schaltungen vor, ehe er sich umwandte. Er sah sehr müde aus. »Nun müssen wir nur noch auf die Antwort warten. Ich bat um das voraussichtliche Resultat, wenn wir Erik zur Erde schicken und er dort um Schutz für die Wilders vor Chart bittet.«

»Werden wir lange warten müssen?«

»Ein oder zwei Minuten vielleicht. Habe ich Sie übrigens recht verstanden? Hat Chart tatsächlich vor, die Mutine Epik als Skript für seine Vorführung zu verwenden? Kann er das überhaupt? Ich bildete mir immer ein, selbst die *Hrath*-Gruppe der Yans verstünde den Text nicht völlig.«

»Chart glaubt, den zwölften Band gefunden zu haben – den Schlüssel, der das Epos in ein technisches Handbuch verwandelt.«

»Was sagen Sie da?« Er drehte sich im Sessel und bewegte hastig die Finger auf den Communettasten. »Woher hat er ihn denn? Von den Yans?«

»Er meint, er sei im Mutineblitz komprimiert.«

Dr. Lem saß einen Augenblick starr, dann drückte er weiter auf die Tasten. »Er könnte sehr leicht recht haben«, murmelte er schließlich. »Sehr leicht! Wenn die Dramaturgisten ihren Nachkommen eine Anleitung hinterlassen wollten – aber der Staub verstümmelt und verzerrt das Solarspektrum, richtig?«

»Das nimmt Chart auch an«, bestätigte Marc mit ehrlicher Hochachtung.

»Hmmm! Ich frage mich, ob es nicht sogar vielleicht mehr als nur eine Anleitung ist. Es könnte eventuell etwas Ähnliches wie unser Communet sein. Sie sprachen gerade darüber, Erik. Marc hat ganz recht, als er sagte, es sei ein Schutz vor dem Druck unserer yannischen Nachbarn. Ohne dieses umfassende Communet bestünde die Gefahr, daß die Leute nicht hierbleiben würden. Sie haben doch beispielsweise schon davon gehört, daß Geschlechtsverkehr mit einem yannischen Partner ungewöhnlich befriedigend sein kann. Allein diese Tatsache könnte zu einem menschlichen Minderwertigkeitsgefühl führen, ohne daß man sich auch nur an die uralten Wahrzeichen erinnert, von denen wir einige nicht einmal nachbilden und kein einziges davon verstehen können.«

»Heißt das ...« fragte Erik langsam, »daß diese Enklave nicht geschaffen wurde, wie ich dachte, damit die Yans sich an uns gewöhnen, und wir feststellen können, ob sie es überhaupt vermögen, mit uns zusammenzuleben, sondern daß es gerade umgekehrt der Fall ist?«

»So ist es!« gestand Dr. Lem und lächelte müde.

Eine Stimme aus dem Communet unterbrach ihr Gespräch. »Hier spricht Ihr Informat. Aufgrund von soeben durch Dr. Lem übermittelten Daten sandte ich ein Orange-Alarmsignal zur Erde. Unternehmen Sie nichts, ehe Sie nicht offizielle Anweisungen erhalten. Der Vorsteher wurde über die Maßnahme routinemäßig in Kenntnis gesetzt.«

Wie vom Donner gerührt starrten alle auf den Schirm. Erik brach das Schweigen: »Nun wird also aus meiner Reise zur Erde doch nichts«, murmelte er bedauernd.

XVII

Zehn Minuten später herrschte allgemeiner Aufruhr in der Enklave. Der erste, der Dr. Lem anrief, war Chevsky. Er zitterte vor Wut und war kaum imstande, ein verständliches Wort herauszubringen. Marc, Alice und Erik saßen nervös hinter ihm, während Dr. Lem geduldig fünf- oder sechsmal wiederholte, daß Alarmstufe Orange für ihn genauso überraschend war wie für den Vorsteher.

»Statt auf mir herumzuhacken«, schnaubte er schließlich, als er mit seiner Geduld am Ende war, »sollten Sie sich vielleicht beim Informat erkundigen, was es überhaupt bedeutet. Ich habe bisher nie davon gehört.«

Chevsky nickte heftig mit dem Kopf. »Das werde ich auch tun! Und versuchen Sie ja nicht, noch mehr Schwierigkeiten zu machen, sonst ...«

Das Bild erlosch. Fast im selben Moment erhellte ein ferner Blitz das Fenster, das Aussicht zur Berghelle im Norden bot: Die ersten Sommerstürme setzten ein. Es paßte zeitlich so gut, daß man beinahe glauben konnte, die Dramaturgisten kehrten tatsächlich zurück, um ihren Planeten – wie die Mutine Epik behauptete, daß es früher gewesen war – in ein einziges großes Kunstwerk zu verwandeln.

Kurz danach rief Ducci an, um ihnen mitzuteilen, daß das Go-Board durch eine Fernschaltung der Erde für Ankünfte von Privatpersonen außer Betrieb gesetzt und er als technischer Direktor natürlich davon sofort informiert worden war. Und daß er nun verständlicherweise gern wissen wollte, was, um der Galaxis willen, los war. Einige von Dr. Lems Nachbarn kamen gar persönlich, manche nur einen Mantel über ihren Nachtgewändern, und stellten ihm dieselbe Frage. Hilflos hob der alte Mann die Hände und bat sie, Geduld zu haben und mit ihm zu warten.

Als nächste Überraschung hob Charts Schiff sich lautlos von seinem bisherigen Landeplatz in die Höhe und begann in nordwestlicher Richtung davonzutreiben.

»Er wird doch nicht gar den Planeten verlassen?« rief Marc, der zu dem Fenster gelaufen war, von dem aus man einen guten Blick auf das Schiff hatte. »Aber das wäre zu schön, um wahr zu sein!«

»Nein, es ist auf einem Kurs innerhalb der Atmosphäre«, nahm ihm Dr. Lem diese Hoffnung. »Ich bin ein alter Mann, darum kenne ich mich da ein wenig aus. Er will sich außer Reichweite der Erdenenklave und in den direkten Herrschaftsbereich der Yans begeben.«

»Harry – ich meine Rayvor – sagte, wenn Chart hier fertig ist, wird er eine Yanimitation sein«, wandte Alice sich an Dr. Lem. »Ein Affe!«

»Das ist durchaus möglich.« Dr. Lem nickte. »Ich beschäftigte mich nie so intensiv damit, als daß ich mich genau darüber informiert hätte, aber ich sehe jetzt, daß dieses Damoklesschwert schon immer über uns hing – die Gefahr, daß ein Gesellschaftssystem, das stark genug ist, Millionen von Personen Tausende von Jahren zu leiten, auch stark genug sein kann, eine isolierte Gruppe von Menschen unter Kontrolle zu bekommen.«

»Ich – ich fürchte, ich verstehe Sie nicht, Sir«, gestand Erik.

»Nein?« Marc ballte die Hände. »Verdammt, wie leicht hätte es mir passieren können – aufgesogen werden in einem fremden System! Es gab Anzeichen dafür, aber mir wurde es jetzt erst klar. Dr. Lem, es gibt nur sehr wenige Kinder in der Enklave, nicht wahr?«

»Ja. Und diese wenigen spielen *Shrimashey,* bis eines oder mehrere bewußtlos liegenblieben.« Dr. Lem fuhr sich mit dem Handrücken über die Stirn. Die Nacht war nicht sonderlich warm, aber sie schwitzten alle.

Plötzlich leuchtete der Himmel durch das Fenster, das einen Ausblick auf das Go-Board gestattete, in einem strahlenden Blau, heller noch als der Ring. Erik sprang auf.

»Was ist das?«

»Wenn ich mich nicht irre, die bisher bedeutendste

Ankunft auf Yan über das Go-Board!« brummte Dr. Lem. »Eine größere Anzahl von Menschen mit einer Menge Geräten und Maschinen. Sie werden sich gleich auf den Weg nach Prell machen. Wir sollten ihnen vielleicht entgegengehen.«

Er hatte insofern recht, daß es sich tatsächlich um eine enorme Gruppe – mehr als hundert Personen – handelte und sie zahllose Maschinen bei sich hatte, der größte Teil davon automatisch und selbstschwebend. Er täuschte sich jedoch in der Annahme, daß sie Prell aufsuchen würden. Statt dessen machten sie sich sofort nach ihrer Ankunft auf den Weg zur Informatkuppel. Als Dr. Lem und seine Gefährten dort ankamen, stellten sie fest, daß Ducci, Chevsky und einige andere aus der Enklave bereits anwesend waren.

Die Kuppel war selbstverständlich unbewacht. Jedermann konnte sie zu jeder Zeit betreten. Durch einen besonderen Belag war sie vor eventuellen Meteortreffern hinreichend geschützt. Ihre sämtlichen Leitungen waren ungewöhnlich stabil angelegt. Von den Informationskonsolen abgesehen war ihr Inneres – eine einzige riesige Halle mit Wänden aus einem angenehmen gelben Material – leer und wurde normalerweise nur routinemäßig von technischem Wartungspersonal aufgesucht oder hin und wieder für Versammlungen der Enklavebewohner benutzt.

Aber nun war die Halle voll von Fremden, die zudem genau zu wissen schienen, was sie hier zu tun hatten, und die eifrig mit ihren mysteriösen tragbaren Geräten die Wände und den Boden abhorchten und einander in ihrem technischen Jargon zuriefen oder in kleinen Gruppen von drei bis sechs Personen Probleme besprachen. Verwirrt blickte Dr. Lem sich vom Eingang aus um. Er hatte vergessen, Pompy zu verbieten, ihm zu folgen, und erst bemerkt, daß sie ihm nachgelaufen war, als er bereits mehrere hundert Meter vom Haus entfernt war. Da wollte er natürlich nicht mehr umkehren und sie zurückbringen. Nun legte sie sich flach auf den Boden, ihre Beine eng aneinandergepreßt, und schaute ebenso überrascht um sich wie ihr Herr.

»Das sieht ja – wie ein militärischer Einsatz aus!« rief Marc erstaunt aus.

»Was bedeutet das?« murmelte Alice. »Ist …? Oh! Sie wollen sagen, daß Yan angegriffen wird?«

»Nein, wohl eher verteidigt«, entgegnete Marc. »Versuchen Sie, sich Dr. Lem anzuschließen.«

Aber Dr. Lem kam nicht viel weiter, denn in diesem Moment entdeckte ihn eine hochgewachsene, blaugekleidete Frau – dunkelhaarig, dunkelhäutig und dunkeläugig mit offensichtlicher Autorität, einen Minicomputer in einer blauen Schultertasche – und bahnte sich einen Weg zu ihm durch. »Sie sind Yigael Lem!« sagte sie.

»Jaa – das bin ich.«

»Mein Name ist Trita Garsanova.« Der Minicomputer redete unentwegt in ihr rechtes Ohr. »Die Information über den Plan Gregorys Charts, primitive, aber intelligente Eingeborene ihres Verstandes zu berauben und zu programmieren, stammt von Ihnen.«

»Kamen Sie – brachten Sie deshalb diese – diese ganze Armee hierher?«

»Selbstverständlich. Erfuhren Sie aus erster Hand von diesem Plan?«

»Nein, ich hörte es von Marc Simon. Er steht dort drüben.«

»Da ist er!« polterte eine Stimme, und Vorsteher Chevsky brach sich mit den Ellbogen eine Bahn durch die Menge, um auf Dr. Lem zuzustürmen. »Wenn ich erst meine Hände um den Hals dieses …«

»Halt!« befahl die Frau in Blau. Sie berührte ein Instrument, das vom Gürtel ihres engen Coveralls herabhing, und Chevskys Beine bewegten sich absurd auf einem Fleck. Er starrte sie mit weitaufgerissenen Augen an.

»Aber ich bin hier der Vorsteher!« kollerte er.

»Sie wurden soeben wegen grober Pflichtverletzung

Ihres Amtes enthoben«, erklärte ihm die Frau. »Sie werden sich vor Gericht rechfertigen können. Soviel wir den Informationsaufzeichnungen bisher entnommen haben, haben Sie nicht versucht, Chart davon abzuhalten, dieses abscheuliche Verbrechen zu begehen, Sie haben ihn sogar noch dazu ermuntert.«

»Ich wußte doch nicht ...«

»Halten Sie den Mund«, knurrte die Garsanova und tastete auf das Gerät an ihrem Gürtel. Chevskys Mund bewegte sich weiterhin, aber nicht der geringste Laut war von ihm zu hören. Etwas spät erkannte Dr. Lem, daß es sich um einen Polizeigeräuschdämpfer handelte, wie es sie schon vor vierzig Jahren gegeben hatte.

Es hat auch seine Vorteile, auf Yan zu leben, dachte er, solche Dinge kann man unbesorgt vergessen.

»Gut!« wandte sie sich wieder an ihn. »Das dort ist also Marc Simon und neben ihm Alice Ming, nach meinen Daten zu schließen. Aber wer ist der untersetzte, braunhäutige junge Mann?«

»Erik Svitra. Er kam erst vor kurzem hier an.«

»Ach ja. Ein Drogentester. Kam er hierher, um *Sheyashrim* auszuprobieren?«

Dr. Lem blinzelte verwirrt. »Ich weiß es nicht. Vermutlich ja. Äh – woher wissen Sie über die Droge?«

Die Garsanova blickte ihn kalt an. »Wer, in der Galaxis, glauben Sie denn, daß ich bin, Doktor?«

»Ich – ich habe keine Ahnung. Es kam alles so unerwartet!«

»Und Unerwartetes gehört ganz einfach nicht zum yanischen Schema!« Die Garsanova nickte. »Ich verstehe. Kein Wunder, daß Sie so lange warteten, ehe Sie den Informat mit den neuesten Daten fütterten! Ich frage mich nun, warum wir uns überhaupt die Mühe machten, ein so komplexes Modell mit dieser Kapazität hier auszustellen, wenn doch niemand davon Gebrauch macht. Aber Sie scheinen hier zumindest eine kleine Gruppe mit gesundem Menschenverstand zu haben. Ich möchte mich gern mit Ihnen zusammensetzen und unterhalten. Was wir zu tun haben, ist unangenehmer, als glühende Kohlen mit der bloßen Hand aus dem Feuer zu holen. Aber versuchen müssen wir es.«

Weniger als dreißig Minuten später hatten sie sich alle in Dr. Lems Haus versammelt: die Shigarakus, Pedro Philipps, Hector Ducci, Harriet Pokorod, Marc, Alice und – mehr oder weniger zufällig – Erik Svitra.

Die Garsanova blickte sie durchdringend an. »Zu Ihrer Information«, begann sie, »ich bin die Chefbevollmächtigte des Ausschusses für die Beziehungen zwischen Menschen und Fremdrassen des Obersten Planetaren Senats auf der Erde. Genügt Ihnen dieser Titel, oder möchten Sie noch meine weiteren erfahren? Ich habe acht insgesamt. Ich habe sowohl mein Studium der Psychologie, der nichtmenschlichen Linguistik als auch der Kybernetik und Datenverarbeitung mit Auszeichnung abgeschlossen. Im Moment jedoch bin ich verdammt wütend.«

Sie starrten sie verständnislos an.

Sie lachte und lehnte sich in ihrem Sessel zurück. »Oh, nicht eigentlich über Sie oder Ihre Mitbürger in der Enklave. Hauptsächlich über die Bürokraten und Politiker, denen ich verantwortlich bin. Aber ein wenig ärgere ich mich auch über Sie, das muß ich zugeben. Kamen sie denn absolut nicht auf die Idee, daß Gregory Chart auf einem nichtmenschlichen Planeten schalten und walten zu lassen, das letzte ist, das die Erde dulden kann?«

»Ich glaube, wir dachten uns alle, die Erde sei – sei nicht in der Lage einzugreifen«, gestand Dr. Lem nach einer kurzen peinlichen Pause. »Tatsache ist, daß wir als erstes den Informat danach befragten und eine dementsprechende Antwort erhielten.«

»Hmmm! Irgendwo ein Fehler im Schaltkreis«, murmelte die Garsanova. »Natürlich tut Chart so, als wäre er selbst das Gesetz oder als gäbe es keines für ihn. Das ist natürlich nicht der Fall, auch wenn er sich noch so bemüht. Vermutlich haben Sie die falsche Kategorie eingetastet. Lassen Sie mich damit beginnen, Ihnen Ihre Situation klarzumachen, falls Sie sie nicht selbst bereits kennen.«

»Ich glaube, ich kenne sie«, sagte Marc zögernd, »obwohl es mir erst heute abend wirklich klargeworden ist. Der Eindruck, den wir hatten, daß die Erde nicht imstande sei einzugreifen, dürfte absichtlich erweckt worden sein, um unser Selbstvertrauen und unsere Unabhängigkeit anzuspornen.«

»Gut formuliert«, lobte die Garsanova. »Bisher sind wir noch auf keine raumfahrende Fremdrasse gestoßen, wohl aber auf sieben humanoide intelligente Spezies, und eine von ihnen – diese hier – ist uns so ähnlich, daß wir damit rechnen müssen, schon in Kürze einer gegenüberzustehen, die uns völlig gleichwertig ist. Es ist sehr wahrscheinlich, daß gerade eine weitgelegene Kolonie, noch viel weiter entfernt als irgendwelche der gegenwärtig existierenden, mit ihr zusammentreffen wird. Und dieser zukünftige kleine Außenposten muß in der Lage sein, sich den Fremden gegenüber korrekt zu benehmen und sie als Gleichgestellte zu behandeln. Sie hier auf Yan sind – sozusagen als Musterkolonie gedacht. Ahnten Sie das nicht?«

»Irgendwie scheinen wir nach einer so langen Zeit die Erkenntnis in unser Unterbewußtsein verdrängt zu haben«, vermutete Dr. Lem.

»Hmmm! Möglich. Außerdem wurden einige Fehler gemacht. Nicht hier, sondern in der Planung. Aber die Gelegenheit besteht, sie jetzt noch zu korrigieren. Doch erst eine im Augenblick wichtigere Frage: Hat einer von Ihnen sich in letzter Zeit die Mühe gemacht, den Informat über das Wesen der Yans zu befragen?«

Sie blickten sie alle verständnislos an. »Ich fürchte, ich komme da nicht ganz mit«, brummte Ducci schließlich.

»Bei allen Galaxien!« fluchte die Garsanova. »Warum, glauben Sie eigentlich, haben wir die Enklave mit einem

Informat von dieser Kapazität ausgerüstet? Ich fand die wichtigsten Daten ohne Schwierigkeit durch einen viel kleineren Informat auf der Erde! Seit über zehn Jahren steckt es schon in den Speichern: *Shrimashey*, das Dramaturgistenprinzip, alles! Und keiner von Ihnen ...«

Ungläubig starrte sie auf die Anwesenden. »Nein, das gibt es nicht! Es ist absurd! Dr. Lem, ich muß sofort Ihr Communet benutzen.«

Einladend wies er auf den schwebenden Apparat, den sie eilig herbeirief und unmittelbar eintastete. Gleich darauf begann sie laut vor sich hin zu reden.

»Kategorie Yans. Subkategorie Kultur, Sub-sub *Shrimashey.*« Sie schüttelte den Kopf. »Ich kann es nicht glauben. Nichts! Der Schirm bleibt dunkel!«

»Oh«, murmelte Dr. Lem. »Ich habe es selbst immer und immer wieder versucht. Das einzige, was man bekommt, sind verschiedene Aufzeichnungen, die mit wenigen Ausnahmen noch bei der Erstlandung aufgenommen wurden.«

Der Garsanovas dunkles Gesicht wirkte plötzlich grau. Sie tastete einen anderen Code ein und redete in technischem Jargon auf einer der Ingenieure in der Informatkuppel ein. Mit angehaltenem Atem warteten sie. Es war ihnen klar, daß irgend etwas Schreckliches fehlgelaufen sein mußte.

»Wir haben es gefunden«, erklärte der gleiche Techniker, der nach ungefähr drei Minuten zum Schirm zurückkehrte. »Die Leitungen QA-527 bis QC-129 wurden blockiert. Wir werden die Sperren manuell aufheben können, aber es wird eine sehr langwierige Arbeit sein. Wie gut, daß es sich nur um den einen Informat handelt.«

»Haben Sie gehört?« wandte die Garsanova sich an die Gruppe um sie herum und stieß den Apparat mit zitternder Hand zur Seite.

»Sperren an den Datenkreisen!« stieß Ducci aus. »Aber ich überprüfe sie doch regelmäßig!«

»Überprüfen, ja. Aber haben Sie jemals die Daten selbst

in Frage gestellt? Bestimmt nicht!« Die Garsanova strich sich eine Strähne ihres seidigen schwarzen Haares aus dem Gesicht. »Nun wundert es mich nicht mehr, daß Sie es überhaupt so weit kommen ließen! Wenn ich nur daran denke, daß wir es nicht bemerkten, bis ...« Sie seufzte tief. »Ich sage Ihnen, daß wir *wissen*, was *Shrimashey* ist, dieser phantastische Bevölkerungskontrollmechanismus, der rein oberflächlich einer von Drogen beeinflußten sadistischen Orgie gleichkommt. Wir wissen, was der Mutineblitz ist und warum er diese Wirkung auf die Menschen hat ...«

Sie hielt inne und lauschte dem Kommentar des Minicomputers an ihrer Schulter. Mit noch grauerem Gesicht starrte sie Marc an.

»Sie haben den Mutineblitz von innerhalb der Mandala erlebt?«

»Ja-aa, das stimmt.«

»Kurz bevor Sie Ihre Übersetzung des Mutine Epos fertigstellten?«

»Ri-chtig«, stammelte Marc. Er hatte die Hände so verkrampft, daß die Nägel in sein Fleisch schnitten.

»Außer Ihnen noch jemand?«

»Morag Feng. Charts Gefährtin, die ihn erst dazu überredete, nach Yan zu kommen, um hier eine Vorstellung zu geben.«

»Aber das ist ja entsetzlich! Ich – ja, Dr. Lem? Dämmert Ihnen nun, was geschehen ist?«

»Ich fürchte ja«, antwortete der alte Mann mit ernster Stimme. »Sie wollen andeuten, daß der Mutineblitz die Kontrolle über Morag Feng übernahm und ihr befahl, Chart zu suchen, beziehungsweise jemandem, der das Mutinezeitalter wiederauferstehen lassen könnte. Und Marc wiederum wurde beeinflußt, die Epik zu übersetzen, damit Chart sein Skript bereits fertig vorfinden würde.«

»So ist es«, pflichtete die Garsanova ihm bei. »Und was man so klug vor Ihnen geheimzuhalten versuchte, obwohl es längst in den Informator gespeichert ist, ist folgendes:

Die Yans sind unter dem Einfluß der *Sheyashrim*-Droge Komponenten eines übermenschlichen Organismus, dessen Kollektivgehirn aus ihren unteren Spinalganglien besteht. Das ist der Dramaturgist – wohlgemerkt: Einzahl, nicht Mehrzahl! … , der die Wats und Mandalas schuf und für das Zerbersten des Mondes verantwortlich ist.«

XVIII

Marc erinnerte sich, daß – als er damals begann, sich für die Erdenenklave auf Yan zu interessieren und alle Informationen darüber studierte, die jeder örtliche Informat auf allen Planeten als Standardauskunft zu bieten hatte – nichts über Handel, öffentliche Transportmittel und Regierungsvertretung erwähnt wurde. Aber warum sich damit überhaupt befassen, wenn es nur ein paar hundert Menschen gab, die jederzeit über das Communet miteinander verbunden werden oder zu den üblichen vierteljährlichen Bürgerversammlungen in einem einzigen Raum zusammentreffen konnten?

Doch die heutige Bürgerversammlung, die noch von Chevsky einberufen worden war, ehe seine Vorgesetzten von der Erde ihn seinen Amtes enthoben, war etwas Besonderes.

Fast die gesamte Bevölkerung der Enklave hatte sich viel früher als notwendig in der Informatkuppel eingefunden, die Hector Ducci bereits durch einen Knopfdruck, der eine hufeisenförmige Anordnung von Sitzen aus dem gelben Boden springen ließ, in eine Versammlungshalle verwandelt hatte. Als Marc eintraf, war die Versammlung schon beinah vollzählig.

Er war in seinem eigenen Heim geblieben, weil er nicht zur Enklave zurückkehren wollte. In Prell mochte die Luft zwar von dem Gestank des *Sheyashrim* erfüllt sein, aber in der Enklave war sie es vom Haß. Chevsky hatte so überzeugend progagiert, daß Charts Vorführung sie reich und berühmt machen würde, daß er, Dr. Lem und alle, die gegen das Projekt waren, als Enklavenfeinde Nummer eins betrachtet wurden.

Normalerweise nahm der Vorsteher den Platz ein, der den Anwesenden zugewandt war. An diesem Abend jedoch, als alle saßen, ließ die Garsanova sich darauf nieder. Marc hatte ihren Namen in den Enzyklopädieteil des Communets getastet und überrascht festgestellt, daß ihr, wie Chart, obwohl sie kaum halb so alt wie er war, schon jetzt ein ganzer Abschnitt gewidmet war. Ehe sie in den Regierungsdienst trat, war sie bereits eine der bedeutendsten menschlichen Experten nichtmenschlicher Intelligenzen, und ihr war eine wichtige Verständigungsbrücke mit den Altairern und Denebolanern zu verdanken.

»Warum haben sie nicht gleich jemanden wie sie nach Yan geschickt?« hatte er Dr. Lem bitter gefragt.

»Weil es eine große Galaxis ist und es leider nicht genügend Menschen ihres Kalibers gibt.«

Die eisige Feindseligkeit hing fast greifbar in der gelben Halle. Am konzentriertesten erschien sie um die am rechten Hufeisenanfang sitzende Gruppe um die Smiths und andere Chevsky-Anhänger. Gegenüber hatten Dr. Lems Freunde Platz genommen. Alice hatte sich dieser Gruppe angeschlossen, nachdem sie nicht mehr von Marcs Seite gewichen war, seit Rayvor sie verlassen hatte. Er hielt nicht mehr von ihr als sonst, aber sie tat ihm ein bißchen leid. Shyalee fehlte ihm. Er vermißte sie entsetzlich. Trotz ihrer Fehler war er mit ihr sehr glücklich gewesen. Aber als er ihr heute zufällig begegnet war, hatte sie nicht einmal mehr ein Lächeln für ihn übrig gehabt.

Außer der Garsanova war kein einziger des Erdaufgebots zur Versammlung erschienen. Sie hatten getan, wozu sie gekommen waren. Sie hatten den Informat überprüft, ihn repariert und sich wieder sang- und klanglos zur Erde zurückbegeben. Doch Erik Svitra war noch geblieben und befand sich nun hier. Er besaß das Recht dazu wie alle Menschen, ob ansässig oder nur durchreisend.

»Sie wurden heute zu einer außerordentlichen Bürgerversammlung gebeten«, begann die Garsanova abrupt, und allgemeines Schweigen setzte ein. »Dieses Meeting hat noch der bisherige Vorsteher Chevsky einberufen, um über das Für und Wider der von Gregory Chart geplanten Aufführung abzustimmen.«

»Chart hat doch selbst gesagt, daß er die Vorstellung nicht für uns geben wird!« rief Dellian Smith laut. »Was soll dieses Theater heute abend überhaupt?«

»Wenn es der Wunsch der Anwesenden ist, können sie eine kostenlose Go-Board-Routineprogrammierung beantragen, die sie von Yan wegbringt, bis die Aufführung vorbei ist – oder auch für immer«, erklärte die Garsanova.

»Wir sollten uns eine Chart-Vorstellung entgehen lassen, wenn andere Dutzende von Parsek reisen, nur um sie zu sehen?« Das war Mama Ducci, stellte Marc bestürzt fest, die trotz überwältigender Argumente immer noch nicht überzeugt war.

»Sie übersehen etwas. Was hier geschehen soll, ist kein alltägliches Ereignis. Der Zweck unserer heutigen Zusammenkunft soll Sie mit einigen Tatsachen bekanntmachen, mit denen Sie bisher noch nicht vertraut sind. Als erstes werde ich Ihnen eine gerichtliche Verfügung gegen Gregory Chart vorlesen, die es ihm untersagt, einen Plan auszuführen, den er Marc Simon gegenüber geäußert hat ...«

»Dieser Verräter!« geiferte Dellian Smith. »Wir wissen alle, daß er sein Wissen über die yannische Kultur für sich behalten will, damit er die einzige anerkannte Autorität in der Galaxis bleibt.«

»Wer macht sich denn schon was aus den Wilders?« rief Boris Dolley, der zwar keiner von Chevskys Speichellekkern war, sich aber – wie Marc gehört hatte – furchtbar über dessen Absetzung aufgeregt hatte. »Die Yans bestimmt nicht!«

»Sehr richtig!« Der Zwischenruf kam mit schneidendem Hohn, und die Stimme war zweifelsohne die von Gregory Chart. Die Garsanova fuhr in ihrem Sitz herum. Die Worte waren direkt hinter ihr auf der Plattform erklungen, wo zwei bisher unsichtbare Personen wie aus einer Nebelschwade Gestalt annahmen: Chart und Morag Feng, deren Hände auf ihren Deflektorgeräten am Gürtel ruhten.

»Verzeihen Sie, daß wir auf diese Art hier eindrangen«, entschuldigte sich Chart. »Aber es hätte sicher nur Unruhe gestiftet, wenn wir uns sofort offen gezeigt hätten, andererseits wollten wir jedoch von unserem Recht der Teilnahme an dieser Versammlung Gebrach machen.«

»Recht?« brüllte Ducci heiser und sprang auf die Füße. »Sie haben kein Recht ...«

»O doch!« fauchte Morag. »Jeder Erdenmensch, ob ansässig oder auf der Durchreise, hat das Recht, an jeder öffentlichen Versammlung teilzunehmen!«

»Und sich zu Wort zu melden und mitzuwählen!« triumphierte Chart.

»Das ist richtig!« übertönte die Garsanova das Stimmengewirr. »Und ich freue mich, daß Sie gekommen sind, weil ich Ihnen so die gerichtliche Verfügung, die bereits der Automatik Ihres Schiffes übermittelt wurde, persönlich aushändigen kann. Sie untersagt Ihnen, jedwede Yans, die allgemein als ›Wilders‹ bezeichnet werden, aus ihrer normalen Umgebung zu entfernen, und im besonderen verbietet sie Ihnen, ihre Gehirne zu manipulieren oder sie für Ihre Aufführung zu programmieren ...«

»Ich kenne den richterlichen Bescheid bereits«, unterbrach Chart sie. »Ich kam hierher, um Ihnen zu sagen, daß es Ihnen, wenngleich Sie mir dadurch einige zusätzliche Schwierigkeiten bereiteten, doch nicht gelang, mein Projekt zu sabotieren. Ich werde es durchführen. Nicht mit Ihrer Genehmigung – o nein, denn die benötige ich nicht. Aber auf Einladung der Herren dieses Planeten, der Yans, durch ihren Sprecher und die anderen *Hrath* persönlich.«

»Großartig! Großartig!« brüllte Dellian Smith begeistert, und vereinzelter Applaus setzte ein. Marc blickte sich um. Es befanden sich ungefähr acht oder zehn Fremde in der Halle, die aufgrund des Tips der Reportermaschine über das Go-Board gekommen waren. Sicher bliebe es nicht bei diesen wenigen. Immer mehr würden nachkommen.

Abrupt sprang er auf die Füße. »Sie erklären mir, daß Sie nicht über die Möglichkeit verfügen, yannische Androiden herzustellen, daß Sie ...«

»Aber natürlich! Ich dachte mir schon, daß ich Ihnen diese Einmischung zu verdanken habe. Das Problem wurde jedoch von den Yans selbst gelöst. Sie stellen Freiwillige zur Verfügung.«

»Nein!«

»O doch! Und Sie können mir glauben, diese Freiwilligen sind begeistert davon, mitwirken zu dürfen.« Charts Augen versuchten, Marc wie Speere zu durchbohren. »Es gibt noch ein paar Daten, die Sie interessieren dürften. Ich hatte recht: Der Mutineblitz ist der Schlüssel zu den elf Bänden der Epik. Mein Computer arbeitet bereits am Reintext. Nach zehntausend Jahren wird das Wissen der yannischen Dramaturgisten wieder verständlich, und es wird angewandt werden. Und weil die Yans daran glauben, hat sich eine große Zahl von ihnen bereit erklärt, ihren Teil der Wiederauferstehung ihrer ehemaligen Größe beizusteuern. Zu ihnen zählen übrigens auch Ihre frühere Freundin Shyalee, genau wie ein Mann namens Rayvor.«

»Sie werden ihre Persönlichkeit zerstören und – oh Gott!« Alice sprang auf, bereit, Chart wie eine Wildkatze anzuspringen. Marc hielt sie am Arm fest.

»Halten Sie die Luft an«, sagte Chart barsch. »Es gibt kein Gesetz dagegen, Freiwillige zu akzeptieren, die bereit sind, *Sheyashrim* zu nehmen. Direkt neben Ihnen sitzt ein Drogentester, der sich seit Jahren seinen Lebensunterhalt damit verdient, neue Stimuli zu entdecken, welche die Vernunft der Menschen zugunsten ihrer autonomen Reflexe ausschalten. Richtig?«

»Und ob es nun Freiwillige in Ihrem Sinn sind oder nicht, liegt nicht an Ihnen zu entscheiden«, warf Morag mit einer Spur Spott ein. »Das fällt unter yannische Zuständigkeit, nicht unter menschliche.«

»Wir sind nun also soweit«, Chart grinste, »auf der Schwelle zu einem neuen glorreichen Mutinezeitalter. Seien Sie nicht zu streng mit Marc Simon. Ohne ihn hätte ich dieses Projekt nicht entwickeln können. Und falls Ihnen ein letzter Punkt noch Kopfschmerzen verursachen sollte, kann ich Sie beruhigen: Ich habe nicht die Absicht, in dieser Angelegenheit meine Stimme abzugeben. Erstens bin ich dazu viel zu befangen, zweitens läßt mich Ihre Entscheidung völlig kalt. Morag, wollen wir die Herrschaften nun sich selbst überlassen?«

»Einen Augenblick noch!« Dr. Lem erhob sich. »Ehe Sie gehen, möchte ich Sie noch etwas fragen.« Aufmunternd klopfte er seinem Platznachbarn Marc auf die Schulter. Der Dichter verbarg erschüttert über das, was Chart von Shyalee erwähnt hatte, seinen Kopf in den Händen.

»Ja?«

»Haben Sie Ihre – Ihre entschlüsselte Version des Mutineblitzes selbst studiert?«

»Aber natürlich! Wie könnte ich meines Erfolges sonst so sicher sein?«

»Ist Ihnen dann bekannt, daß Ihre Gefährtin Morag, nachdem sie dem Blitz ausgesetzt war und während der Zeit ihrer geistigen Unzurechnungsfähigkeit, wenn wir es gelinde ausdrücken wollen, einige bestimmte Datenbanken unseres hiesigen Informats blockierte?«

Morag erblaßte und preßte erschrocken die Hand gegen die Lippen. Chart fuhr zu ihr herum. »Was bedeutet dieser Unsinn?«

»Ich – ich habe keine Ahnung, wovon er spricht«, murmelte sie. Aber sie schien sich plötzlich nicht wohl zu fühlen und schwankte sichtlich.

»Und wußten Sie«, fuhr Dr. Lem unter dem zustimmenden heftigen Nicken der Garsanova, Duccis und ein paar anderen fort, »daß einige Ihrer eigenen Computerbänke ähnlich gesperrt sind?«

»Blödsinn!« rief Chart. »Mein Computer stammt von Tubalcain und ist das neueste Modell überhaupt.«

»Ich kann es beweisen«, versicherte Dr. Lem und ließ seine dünnen alten Hände sinken. »Sie sprachen soeben von den Dramaturgisten Yans in der Mehrzahl.«

»Na und?« brauste Chart auf. »Kommen Sie zur Sache. Natürlich waren es Dramaturgisten im Plural.«

»Offenbar nicht«, parierte Dr. Lem trocken. »Ich muß gestehen, auch ich fand es schwer zu glauben, als Trita Garsanova uns davon berichtete. Aber nun bin ich selbst davon überzeugt. Diese Sperren hatten den Zweck, jedem in der Enklave, der sich zufällig danach erkundigen sollte, zu verheimlichen, daß die Yans, sobald sie in das Stadium des *Sheyashrims* treten, aufhören, als Einzelwesen zu handeln und zu denken, und sie statt dessen Teil eines selbstregenerierenden kollektiven Organismus werden. Der Prozeß ist ähnlich der Heilung einer offenen Wunde: Eine bestimmte Anzahl von neuentstehenden Zellen ersetzt eine ungefähr gleiche Zahl beschädigter, absterbender. Das sollte eigentlich schon seit geraumer Zeit allbekannt sein, zumindest schon seit ein paar Jahrzehnten, wenn selbst das mechanische Gehirn des Informats es vor zehn Jahren allein entdeckte. Und die menschliche Intelligenz dürfte immer noch geeigneter dazu sein, abstrakte Schemata zu erfassen, als jegliche Maschine, die wir je entworfen und gebaut haben, selbst als der Computer Ihres so gerühmten Schiffes.

Als der Mond zerbarst, wurde der – der Kortex dieses Organismus, sein Nervensystem, zerstört. Nur die Reflexfunktionen blieben erhalten. Die Yans als Individuen hatten das längst erkannt und suchten nach einer Ersatzmöglichkeit, mit der sie den alten Höhepunkt ihrer Existenz wieder erreichen könnten. Die Rasse ist in absolutem Einklang, jeder einzelne ist nur ein Bestandteil einer planetenweiten Gemeinschaft. Sie haben gefunden, was sie suchten – nicht Sie, sondern *Ihr Schiff!* Und dank Moragas Manipulation unter dem Einfluß des Mutineblitzes gelang es ihnen, die Wahrheit so vollkommen zu verbergen, daß nicht einmal Sie daran glauben.«

»Ich ...« Charts Mund zuckte. »Nein!« tobte er. »Nein! Lügen, Lügen! Morag, komm, wir gehen!«

Er packte ihr Deflektorgerät und betätigte es gleichzeitig mit seinem eigenen. Sie verschwanden im selben Moment, als Marc auf die Plattform sprang, um sie aufzuhalten.

»Ist das – ist das wirklich alles wahr?« stammelte Dellian Smith, als sich die allgemeine Aufregung einigermaßen gelegt hatte.

»Soweit es uns bekannt ist, ja«, versicherte ihm die Garsanova. »Der Grund unserer Zusammenkunft war, Sie darüber zu informieren.«

»Aber dann müssen Sie etwas tun! Wir können doch nicht zulassen, daß er dieses Monster wiederauferstehen läßt!«

Seine Frau Rachel neben ihm wischte sich den Angstschweiß von der Stirn. Sie war nicht die einzige. »Was schlagen Sie vor, daß wir tun?« erkundigte sich die Garsanova eisig.

»Zerstören Sie Charts Schiff, wenn es sein muß! Hauptsache, er kann seinen Plan nicht durchführen!«

»Vor nur wenigen Minuten waren Sie noch alle dafür, ihn seine – äh – Vorstellung hier abhalten zu lassen«, erinnerte die Garsanova schneidend. »Nein, genau das können wir *nicht* tun. Wir breiten uns in der Galaxis immer weiter aus und stoßen dabei immer wieder auf Umstände, die ohne Präzedenz sind. Wir versuchen einen Prinzipienkodex zu entwickeln, der in allen Fällen helfen wird, Entscheidungen zu treffen! Keineswegs werden wir jedoch jemanden vernichten, nur weil sein Vorhaben unvorhersehbar ist.«

»Dann werde ich mich möglichst schnell von Yan absetzen!« rief Smith. »Sie hatten kein Recht, uns auf einer Welt auszusetzen, die – die ...«

Aufgeregte Stimmen pflichteten ihm bei, Füße scharrten, und eine dichte Menschenmenge drängte sich durch die Tür.

Ein paar Minuten später waren die einzigen in der großen Kuppelhalle Marc, Alice, Dr. Lem, Ducci und die Garsanova. Erik Svitra stand noch ein wenig zögernd auf der Schwelle.

»Und Sie?« fragte die Garsanova die kleine Gruppe. »Wollen Sie den Planeten denn nicht verlassen? Sie bekommen freie Go-Board-Routenprogrammierung und das Recht, sich auf einer beliebigen anderen Welt niederzulassen.«

»Ich kann nicht«, murmelte Dr. Lem. »Nicht nach mehr als dreißig Jahren.«

»Ich auch nicht. Wenn das Mutinezeitalter schon nicht verhindert werden kann«, erklärte Marc, »dann sollte doch wenigstens jemand als Beobachter hierbleiben.«

»Und Sie?« wandte die Garsanova sich an Erik.

»Ich? Oh, ich wartete nur, um zu sagen, daß es mir leid tut, weil ich doch den Stein ins Rollen gebracht habe.«

»Sie können nichts dafür.« Marc starrte auf den Boden. »Das ist die menschliche Natur.«

Erik biß sich auf die Lippe und zauderte noch einen Moment, ehe er die Halle verließ.

XIX

»Irgendwie erinnere ich mich an jemanden, an den ich seit Jahren nicht mehr gedacht habe: an meine Großmutter«, murmelte Dr. Lem.

Marc überlegte einen Augenblick schweigend. Dann nickte er plötzlich. »Ich weiß genau, was Sie meinen.«

Sie befanden sich in der Informatkuppel, die mit unzähligen Videoschirmen ausgestattet war – zahlreicher und flexibler als jene, die Dr. Lem in Charts Schiff gesehen hatte. Unter ihrer undurchdringlichen Hülle hatten sie jede Chance, was immer auch die Wiederauferstehung des Mutinezeitalters heraufbeschwor, zu überleben.

Zahllose Fernsehaugen waren in einem Orbit um Yan ausgesetzt, und alles war getan worden, um die bevorstehenden Phänomene aufzuzeichnen, zu analysieren und zu studieren. Einiges hatte sich bereits getan. In der vergangenen Nacht, nachdem die letzte Gruppe sich auf die Go-Board-Wanderung gemacht hatte, hatten die Yans die Erdenenklave mit Feuer, Schmiedehämmern und Äxten systematisch zerstört.

Marc und Dr. Lem hatten die Szene von hier aus beobachtet. Die Yans waren sich der über ihnen schwebenden Fernsehaugen offensichtlich bewußt, aber sie unternahmen nichts gegen sie. Offenbar wollten sie, daß die Kunde ihrer Tat sich wie Lauffeuer über die Galaxis verbreitet. Man sah ihnen an, welche Genugtuung ihnen die Vernichtung bereitete.

»Sie meinen die Erde«, sagte Marc schließlich.

»Ja. Für einen alten Mann ist das ein seltsames Gefühl, Marc!« Er verlagerte sein Gewicht ein bißchen. Seit das Go-Board außer Betrieb gesetzt worden war, hatte er seinen weichgepolsterten Sessel erst ein einziges Mal verlassen, um sich ein wenig die Füße zu vertreten.

»Und für einen jungen ein gutes«, erwiderte Marc. Beide wußten genau, was sie meinten: dieses plötzliche beruhigende Gefühl, daß selbst über diese unermeßliche Leere zwischen den Sternen hinweg Mutter Erde ihr Bestes tat, ihre Sprößlinge zu beschützen.

»Ahnten Sie je, daß wir hier – wie nannte es die Garsanova doch? – eine Musterkolonie waren?« murmelte Marc, ohne Dr. Lem anzusehen.

»Ich glaube, hin und wieder, ja. Irgend etwas hielt mich auf Yan zurück, obwohl ich oft das Gefühl hatte, hier meine Zeit und meine Fähigkeiten zu verschwenden. Nun weiß ich, daß ich sie gewinnbringend einsetzen kann. Die technischen Instrumente werden alle oberflächlich erfaßbaren Eindrücke sammeln und speichern, aber welch bessere Zeugen für ein präzedenzloses Ereignis gibt es als einen Psychologen und einen Poeten?«

»Was macht Chart jetzt?« fragte Marc rauh. Er fühlte sich der Aufgabe, die er unüberlegt auf sich genommen hatte, nicht gewachsen.

»Ich glaube nicht, daß die Formulierung noch zutreffend ist, was *Chart* macht«, korrigierte Dr. Lem. Er schaltete einen der Schirme ein, auf dem die Mutine Mandala in Miniaturformat von den Strahlen der Sonne eingehüllt war, die selbst bereits auf den westlichen Horizont zuwanderte. Schon seit dem Morgengrauen traf ihr Schein das antike Bauwerk, denn Charts Schiff hatte ein paar Relaisstationen ausgesetzt, die dafür sorgten, daß die Strahlen immer im richtigen Winkel auf die Kristallsäulen fielen, um ihr ununterbrochenes Licht- und Farbenspiel zu gewährleisten. Wie ein zittriger Strich zog eine ständige Prozession von Yans auf die Mandala zu, durchquerte sie und verließ sie wieder.

»Sie werden dort programmiert«, brummte Dr. Lem. »Sie sind nun, was wir fälschlich für die Dramaturgisten hielten: normale Yans, unter dem Einfluß eines bestimmten Stimulans.«

»Warum wartete der Dramaturgist eigentlich so lange?« murmelte Marc.

»Das kann ich nur raten.« Dr. Lem seufzte. »Der Informat scheint übrigens meiner Meinung zu sein. Als er seine beispiellosen Pläne auszuführen versuchte, versagten die Nervenzellen, da ihre auszuführende Funktion in dem Individuum nicht mit dessen hochentwickeltem Nervenzentrum, dem Gehirn, das eigenständig zu denken vermag, in Einklang zu bringen war. Die Yans erlitten einen Nervenzusammenbruch von unvorstellbarem Ausmaß, der das Bersten des Mondes zur Folge hatte. Sein daraufhin beschränktes Erkenntnisvermögen erschreckte den Kollektivorganismus. Er ist übrigens unsterblich, zumindest in gewissem Sinn – ich nehme an, das erkannten Sie ebenfalls bereits.« Er blickte Marc fragend an.

»Ja.«

»Darum war er auch absolut nicht in Eile, seinen ursprünglichen Fehler zu wiederholen. Er wartete auf seine Chance, es noch einmal versuchen zu können. Er hoffte – ja, ich glaube, er hoffte, der Ring würde sich schließlich auflösen, Kralgak wieder passierbar und die Wilders in die Spezies reintegriert werden. Aber es hat ja keinen Sinn, Hypothesen über etwas aufzustellen, das uns so weit voraus ist wie wir den Amöben.«

»Da kann ich Ihnen nicht zustimmen«, entgegnete Marc nach kurzem Nachdenken. »Ich meine, Intelligenz ist ein Kontinuum, und jede denkende Kreatur, die fähig ist, sich über den Determinismus, den Reflex, hinwegzusetzen, vermag sich in gewisser Weise mit anderen zu verständigen und sie zu verstehen. Natürlich kann es eine Kluft ähnlicher Art geben wie zwischen einem Poeten und einem Mathematiker. Der eine ist vielleicht nicht in der Lage, des anderen Denkvorgang zu verfolgen, weil er ihm nichts zu sagen hat. Aber einer kann des anderen Vorhaben verstehen und in bestimmtem Maße auch das Ergebnis.«

»Möglich«, gestand ihm Dr. Lem zu. »Genau wie sowohl Sie als auch ich die Begeisterung eines Kosmogonisten teilen könnten, dessen Gleichungen aufgingen, welche beweisen, daß seine Theorie über den Ursprung des Universums stimmt, auch wenn keiner von uns beiden die Gleichungen als solche zu berechnen verstünde.«

»Genauso ist es«, stimmte Marc ihm zu. »Wenn wir irgendein Wesen als intelligent betrachten, dann muß es zumindest einen Bereich geben, über den wir uns verständigen können. Die restlichen – nun, die mögen für uns vielleicht genauso unerreichbar sein wie der Kern eines Gasriesen.«

»Ich frage mich, ob es eines Tages eine Kette solcher Verständigungsbereiche geben wird, feine Glieder, die alle intelligenten Rassen in der Galaxis miteinander verbinden, so daß jede vernunftbegabte Spezies zumindest einige Daten über die anderen hat, wenn auch aus zehnter oder fünfzigster oder tausendster Hand.«

»Das kann Millionen Jahre dauern«, murmelte Marc.

»Aber es könnte hier und jetzt beginnen«, parierte Dr. Lem. »Und ...« Er hielt inne. Der Informat meldete sich.

»Charts Schiff bricht soeben auf. Es begibt sich auf Atmosphärenkurs.«

»Wenn es nun beginnt, ob wir es überhaupt verstehen werden?«

»Es hat keinen Sinn, sich darüber den Kopf zu zerbrechen. Ich wollte, ich hätte Pompy bei mir.«

»Wo ist sie denn?«

»Ich habe sie den Duccis mitgegeben. Sie hängt sehr an Giuseppe, und ich hielt es für unfair, sie dem Kommenden auszusetzen, selbst wenn ich mich idiotischerweise entschlossen habe, den Helden zu spielen.«

»Denken Sie so darüber?«

»Nein. Um ehrlich zu sein, nein.« Dr. Lem fuhr sich über das Gesicht, das von Schweißtropfen glänzte. »Es ist nicht Heldenmut, was mich hier hält, sondern reiner Eigensinn. Ich hatte einmal den Ehrgeiz, das Rätsel von Yan zu lösen. Und nun stellt es sich heraus, daß es schon seit Jahren kein Rätsel mehr ist, daß mir die Lösung lediglich durch einen Trick, eine Manipulation an diesem Informat hier, vorenthalten wurde. Und das verdrießt mich! Ich komme mir betrogen vor! Ich muß etwas tun, um dieses Gefühl zu kompensieren.«

Er zögerte. »Außerdem«, schloß er, »liebe ich diesen Planeten.«

»Ein Feld wurde festgestellt«, meldete sich der Informat erneut. »Der Meteoritenregen auf Kralgak vermindert sich um vierzig Prozent – um vierundvierzig – um neunundvierzig. Extrapolationen ergeben, daß er in einer Minute zweiundzwanzig Sekunden völlig aufhören wird.«

»Sie haben sich doch so erschöpfend mit der Mutine Epik befaßt«, sagte Dr. Lem. »Haben Sie eine klare Vorstellung, was der Dramaturgist zu tun versuchte?«

»Ja«, erwiderte Marc leise. »Das Universum beherrschen!«

Unmittelbar darauf machte eine plötzliche Flut von erstaunlichen Szenen auf den Schirmen eine Unterhaltung unmöglich.

Wieder einmal erschien die Form eines Mondes über Yan, aber diesmal raste er hin und her wie die eilige Hand eines Webers oder Töpfers, der ein Muster auf einem formlosen Rohmaterial zeichnet. Die Nacht über dem Großteil des Planets nördlicher Hemisphäre war bisher ruhig und mild gewesen. Nur wenige Wolken standen am Himmel, und lediglich weit entfernt über dem Ozean hatte ein Sommersturm getobt. Doch nun begann die Luft sich langsam aufzuladen. Vereinzelte Blitze zuckten herab. Das Nordlicht verdichtete sich gegen den Äquator zu, aber nicht in disziplinierten Mustern wie in der Nacht von Charts Ankunft, sondern in wirbelnden Strudeln.

Einen kurzen Moment erstarb das Glühen der Mutine Mandala, während ein komprimierter Strahlenstoß der Sonne aus dem leeren Raum sich für den Bruchteil einer Sekunde auf Charts Schiff konzentrierte und es für seine bevorstehende Aufgabe mit Energie versorgte.

Die Gladen Menhire, die in einer geschlossenen Reihe

um die Welt postiert gewesen waren, hatten unter dem Bombardement der Meteoriten gelitten. Das Schiff hielt überall dort an, wo eine Lücke entstanden oder einer der gigantischen Steinpfeiler beschädigt war. Das umgebende Land geriet in Bewegung. Felsen hoben sich aus eigener Kraft, formten sich zu Ebenbildern der restlichen Menhire und erhitzten sich, bis sie feuergeläutert und abgekühlt waren im Zeitraum eines Augenzwinkerns. Als dieser Prozeß fortschritt, begannen die Steintitanen zu vibrieren.

»Minimale seismische Phänomene«, erklärte der Informat.

Bis jetzt zumindest tat sich nichts, das die Schutzhülle der in der Planetenrinde verankerten Kuppel, in der sie beobachtend saßen, hätte erschüttern können.

»Wie ist das alles nur möglich?« sagte Marc atemlos. Er erwartete keine Antwort, weder von Dr. Lem, noch von dem Informat. Eine Technik wie diese zu analysieren, mußte bis viel, viel später aufgeschoben werden. Was hier vor sich ging, war mit keiner menschlichen Wissenschaft zu vergleichen.

Als nächstes hielt das Schiff über dem wunderlich ausgehöhlten Berg, den Marc mit Chart und Morag besucht hatte und der im Inneren Tausende von Zuschauerplätzen enthielt, die alle auf eine leere Wand ausgerichtet waren. Ein Laserstrahl schaffte eine Öffnung, und die Yans, die geduldig am Fuße des Berges gewartet hatten, näherten sich ihr.

»Das ist ein Schlüsselgeschehen des Dramaturgisten«, erklärte Dr. Lem ohne jede Spur von Zweifel. »Tausende von Individuen, die durch die Felswände vom äußeren Universum abgeschlossen werden.«

Es war unschwer aus ihren ruckartigen Bewegungen zu schließen, daß die Yans unter dem Einfluß der *Sheyashrim*-Droge standen – aber es war ja bekannt, daß sie es in jeder Stadt, nicht nur in Prell gebraut hatten, und die Gesamtmenge durfte mehr als ausreichen, alle Erwachsenen fast unbegrenzt unter ihrem Einfluß zu halten.

Weiter flog das Schiff zum Mullom Wat. Ein paar Meter über dem Ozean drehte es sich rasend an einer Stelle, bis es einen Miniaturwirbelsturm erzeugte und eine hohe Säule von Schaum und Gischt aufsaugte. Auf der Spitze des Wats formte sich eine Wasserkugel, die trotz Wind und Schwerkraft stabil blieb. Was ihr Zweck war, wagten die Beobachter nicht einmal zu raten. Aber irgend etwas befand sich in dieser Wasserkugel. Es glitzerte hin und wieder, augenscheinlich starr inmitten des wirbelnden Wassers.

Weniger spektakuläre Dinge folgten: das Entfernen eines kleinen, rosigen Gegenstands, kaum sechs Meter hoch, aus dem voreiszeitlichen Geröll an den Flanken des Mount Freys und sein Wiederaufbau auf einem nahen Bergkamm; die Verschmelzung unzähliger Teilchen aus dem Schutt von Steinlawinen zu einer vibrierenden, heulenden Rahmenstruktur grünen Lichtes ...

Die Vorbereitungen schienen kein Ende zu nehmen. Marc begann zu gähnen, während die Schirme all diese Szenen übertrugen. Er wunderte sich, daß er überhaupt noch in der Lage war, müde zu werden. Aber wenn man aus dem Gezeigten absolut keinen Sinn herauszulesen vermochte, obwohl ...

»Und das ist die Energiequelle!« rief Dr. Lem plötzlich.

»Wa-as?« Verwirrt setzte sich Marc in seinem Sessel gerade und blickte auf die Schirme. War er doch tatsächlich eingenickt! Vage war es ihm, als hätte der Informat etwas gesagt. Er rastete die Wiederabspieltaste ein.

»Seismische Verlagerungen größeren Ausmaßes«, hörte er. »Erdverschiebungen auf allen Kontinenten.«

Was?

»Sagten Sie Energiequelle?« Er wandte sich zu Dr. Lem um. Der Alte nahm seinen Blick nicht von den Schirmen, die nun gewaltige Stürme zeigten, grelle Blitze, berstende Bergriesen und haushohe schäumende Wellen im aufgewühlten Ozean. Sogar durch die Schutzschicht der Kuppel drang ein reißendes, schrilles und anhaltendes Heulen.

»Der Informat analysiert noch«, erwiderte Dr. Lem. »Aber ich bin ziemlich sicher, daß es das sein muß. Informat?«

»Ja, Dr. Lem?«

»War es die Absicht des Dramaturgisten gewesen, die kinetische Energie der Mondrotation als Antrieb für den gesamten Planeten Yan zu verwenden?«

»Nach gegenwärtig vorhandenen Daten ist dies eine durchaus wahrscheinliche Annahme«, beantwortete die Maschine die Frage. Marc hielt den Atem an.

»Um eine Reise durch die Galaxis zu unternehmen?«

»Die Wahrscheinlichkeit ist hoch.«

»Sie hatten ganz recht, als Sie sagten, der Ehrgeiz des Dramaturgisten bewegte sich auf universaler Ebene«, wandte Dr. Lem sich an Marc, ehe er sich weiter mit dem Informat beschäftigte.

»Und er beabsichtigt nun, die Planetenrinde auf dem geschmolzenen Kern zu verschieben, um die dadurch entstehende Energie für denselben Zweck zu speichern?«

»Die Wahrscheinlichkeit ist hoch«, wiederholte die Maschine.

»Aber ...« Marc sprang aus seinem Sessel. Das Bild entstand plötzlich vor seinem geistigen Auge und wurde realer als alles, was er bisher auf den sie umgebenden Schirmen wahrgenommen hatte. »Aber das kann er doch nicht tun!« rief er. »Dabei zerschmetterte er ja den ganzen Planeten – und wir werden mit ihm umkommen!«

»Er ist schon dabei«, sagte Dr. Lem tonlos. »Schauen Sie!« Er deutete auf den Schirm, der die Küste anzeigte, die einst Wilders-Territorium gewesen war. Der Ozean verdampfte und spie Felsbrocken aus wie ein Vulkan Lavagestein. Außerdem hatten sich echte Vulkane gebildet, wie auf zwei, nein, vier – nein, fünf anderen Schirmen zu erkennen war.

Der Boden schwankte unter ihnen, als sei die Kuppel ein am Ufer verankertes Schiff, das die Flut zu schaukeln beginnt.

XX

»Marc! Marc!«

Wie aus weiter Entfernung und durch eine graue Nebelwand wurde ihm vage bewußt, daß Dr. Lem ihn anstarrte und etwas zu ihm sagte. Außerdem waren da noch die künstlichen, so fernen verkleinerten Bilder der Vulkane und Flutwellen und Stürme …

Aber das spielte keine Rolle. Das war die unbedeutende Ebene seines Bewußtseins. Das war nur eine einseitige Wahrnehmung. Klein, nichtig, längst überholt. Es gab etwas viel Besseres.

Mit dem letzten Rest seines normalen, menschlichen Bewußtseins entsann sich Marc Simon, der Poet, einer Frage, die er dem Informat gestellt hatte, als die Techniker von der Erde die Sperren entfernt hatten. Er hatte gefragt, welche Art von Kraftfeld die einzelnen Yans miteinander verband, wenn sie sich im Stadium des *Shrimasheys* befanden, und wie man es ermitteln könnte. Woraufhin der Informat antwortete, daß es sich durch kein von den Menschen bisher entwickeltes Gerät wahrnehmen ließe, daß jedoch bereits so viele Kraftfelder, Raumkontinua, Ringe, Sätze, Bedingungen und Plenums bekannt seien, daß es sicherlich innerhalb der Grenzen von *n aleph* und dem *pi-zum-e* Raum des Go-Boards liegen müsse. Über sechstausendsiebenhundert Räume könnten vermutlich diese Parameter einnehmen. Der noch am wahrscheinlichsten funktionierende Detektor, hatte der Informat erklärt, dürfte das menschliche Nervensystem sein.

Marc Simon entdeckte soeben, daß das stimmte.

Skelett …

Ist ein Mensch sich bewußt, daß er Knochen besitzt? Außer wenn zum Beispiel ein tiefgehender Schnitt Haut und Muskeln bis zum rosigweißen Knochen öffnet – am Schienbein, vielleicht –, ist er sich nur der Festigkeit und des Halts bewußt.

Heißer Stein, aber zur Starre komprimiert.

Skelett ...

Muskeln – elastisch mit den Knochen verbunden. Anatomen benötigten Jahre, Jahrzehnte, ja Jahrhunderte, in denen sie geduldig Leichen sezierten, um genau bestimmen zu können, wie die Muskeln verlaufen, mit welchen Knochen sie verbunden sind, daß es Muskeln gibt, die nicht dem Willen gehorchen ...

Metabolismus ...

Sie nannten es das Wieder-zu-Atem-Kommen, und es war tatsächlich eine chemische Reaktion, die durch unzulängliches Atmen ausgelöst wurde.

(All dies mit großer Geschwindigkeit und zur gleichen Zeit:)

Nervensystem ...

Jahrtausende wußten die Menschen nicht, daß sie mit ihren Gehirnen dachten.

Was von Marc Simon noch geblieben war, lachte. Es war das grausamste Gelächter, das er sich je vorzustellen vermocht hatte: das schmutzige, beleidigende Gelächter eines Mannes, der Spaß daran findet, einem Krüppel ein Bein zu stellen. Aber es war nicht Marc Simon, der lachte, nicht der Marc Simon zumindest, wie er ihn gekannt hatte. Es war das, was von ihm übriggeblieben war, nachdem die Nervenströme des Dramaturgisten seine autonomen Reflexe übernommen hatten. Es steckte eine Absicht dahinter: das Bestreben, diesen kaum den Kinderschuhen entwachsenen und von den Affen abstammenden Erdenmenschen Respekt vor dem Wesen, der Persönlichkeit der Yans beizubringen.

Was Dr. Lem sah, war sein junger Freund, der sich mit hysterischem Gelächter am Boden wälzte. Da er jedoch völlig unbeeinflußt Herr seiner Sinne war, sah er auch die Übertragungen auf den Schirmen und fühlte das Nachgeben der Kuppel, als der solide Grund darunter sich verformte, zu schmelzen begann und schließlich flüssig wurde. Ungerührt meldete der Informat, daß die Außentemperatur auf vierhundertundfünfzig Grad Celsius gestiegen war.

Dr. Lem erinnerte sich der Fernsehaugen von der Erde, die immer noch den Planeten umkreisten, und hatte ein bißchen weniger Angst vor dem Sterben als noch vor einer Minute.

Der Planet zerrte an seinen Ketten, brüllte auf, wehrte sich und stöhnte. Seine Kruste barst, die Berge brachen zusammen, das Meer hatte den Siedepunkt erreicht und begann sprudelnd zu kochen. Inzwischen versuchten die Yans unter dem Einfluß der Droge, sich zu konzentrieren, kon-zen-trie-ren, k-o-n-z-e-n-t-r-i-e-r-e-n ...

Wie ein Mensch, der plötzlich zu sich kommt und sich unerwartet unter Wasser findet, der einen Lichtschimmer über sich entdeckt und weiß, er muß sich an die Oberfläche arbeiten, während der kalte Druck in seiner Nase auf den kostbaren Sauerstoffvorrat in seinen Lungen preßt. Und der gegen seinen Willen darüber grübelt, ob er wohl überleben wird oder nicht.

»Du hättest es nicht riskieren sollen«, dachte Marc zu dem Dramaturgisten, »nämlich beweisen zu wollen, was du in der Lage bist, mit mir oder anderen Menschen zu tun. Du hast dich bereits einmal zuvor übernommen.«

In ihm war eine tiefe Zufriedenheit. Sie entstammte nicht ihm persönlich, dem Individuum Marc Simon. Es war rassisch. Kollektiv. Wie der Rivale, der Dramaturgist.

Inzwischen ächzte und stöhnte der Planet.

»Verstehe ich dich, weil ich so nahe dran war, Shyalee zu verstehen?«

Das war ein Bruchteil seiner selbst, gerade genug, die Frage zu formulieren.

Aber es war nicht genug von Shyalee in dem Dramaturgisten, um zu wissen, wovon er sprach – dachte.

Völlig versunken beobachtete Dr. Lem das Geschehen auf den Schirmen. In den Tiefebenen von Hom flohen die rotwildähnlichen Tiere vor der Hitze, welche die Ghulnußbäume in Flammen aufgehen ließ. Erdrisse spaltete das Plateau von Blaw. Es erbebte, und weitere Spalten bildeten sich. Die Obstplantagen von Rhee versengten, wanden sich konvulsivisch, überließen die Pflanzen und ihre fruchtbare, schwarze Erde, nun zu Staub vertrocknet, dem Wind.

Auf den anderen Schirmen, die die Tagesseite des Planeten zeigten, wurde die Sonne zusehends kleiner.

Dr. Lem nickte. Es war so. Was ihm so sehr ans Herz gewachsen war, starb. Und aus eigenem freien Willen.

Ein neuaktiviertes Fernsehauge gewährte ihm einen kurzen Blick auf einen Stamm Wilders, die ekstatisch auf einem Hügel tanzten, ihre Körper ineinanderverschlungen, als näherten sie sich einem gemeinsam empfundenen Orgasmus. Zwei oder drei Kinder sahen ihnen verwirrt zu, und eines flehte wimmernd um Nahrung. Aber das berührte den Dramaturgisten nicht. Für ihn bedeutete es nicht mehr, als sterbe eine Hautzelle ab, weil ein mikroskopisch kleines Blutgefäß nicht funktionierte.

Immer kleiner wurde die Sonne am Himmel, und Dunkelheit löschte sein Blau. Er blickte ihn nicht an, aber er wußte, daß er offenbar ohnmächtig am Boden lag.

So weit, so gut – außer daß die Energie einfach nicht ausreichte, den Traum zu verwirklichen.

(Das war als er selbst erkennbar, der er die Begriffe färbte. Nicht Worte. Worte waren zu unbedeutend, sich mit diesem unvorstellbaren Geist zu verständigen.)

Wie ein Mann mit einem Schnitt durch seine Arterie im Oberschenkel, der bei jedem Schritt so viel Blut verliert, daß er – selbst wenn er der schnellste Läufer der Galaxis wäre – vor dem Ziel zusammenbrechen mußte.

Der Planet blutete. Glut zischte aus den Rissen im Bett des Skandischen Ozeans. Berge stürzten in die Täler. Die riesige Wüste von Kralgak begann von der geographischen Lage abzugleiten, die sie seit zehn Jahrtausenden eingenommen hatte.

Wenn ich genügend Verbindung zu meinem Körper hätte, würde ich weinen. Es macht mir Angst, es erschreckt mich zutiefst, dies ansehen zu müssen!

Der Planet hatte sich schon weit von seiner Umlaufbahn entfernt und torkelte immer tiefer in die trostlose Leere des Alls, doch die Fernsehaugen der Erde begleiteten ihn getreulich. Selbst der leiseste Seufzer seiner Todesqualen mußte aufgezeichnet, studiert, interpretiert werden ...

Ganz plötzlich hatte Marc das Bedürfnis, sein Leid hinauszubrüllen, und es war noch stärker als sein Drang zu weinen. Aber es hielt nicht lange an. Es endete in dem Augenblick, als die Mutine Mandala zu leuchten aufhörte. Die dichten Rauchwolken und der Staub aus den Vulkanen hatten sogar die ins Unendliche verstärkte Sonnenstrahlung verschlungen, die Charts Satelliten eingefangen und konzentriert hatten.

Es war, als käme man mit einem einzigen Schritt über das Go-Board von einem glühendheißen zu einem eisigen Planeten. Und es gab eine – eine Stimme? Nicht ganz. Eine Persönlichkeit. Etwas, das gegenwärtig war. (All diese Erinnerungen speicherten sich in dem Gehirn, das Marc Simon gehörte. Vielleicht würden sie nie ganz zu verstehen sein. Vielleicht würden sie jedoch eines Tages den Grundstock für eine Dichtung sein, deren Stil Milliarden von Menschen jubelnd ausrufen lassen würde: »Ah, das ist von Marc Simon!« Aber sie waren auch grausam und schmerzhaft wie ein glühendes Brandeisen, und er vermochte ihre Botschaft, die tief in sein Inneres gemeißelt war, zu erkennen, und er wußte, daß sie ihre Narbe zurücklassen würde, für immer und alle Zeiten ...)

Sie bauten diese Mandala, so wie ihr Computer herstellt. Verstehst du?

Ja.

Ich benutze eine Person, die ihr Gregory Chart nanntet. Ich hätte jene verwendet, die ihr als Morag Feng kanntet. Doch sie war schon einmal gebraucht worden, und die nun nicht mehr existierende Botschaft der Mandala färbte zu sehr auf sie ab ...

Ja.

Dies ist die Geschichte der Mutine Epik. Es ist eine Geschichte ohne Ende. Nur ein letztes Kapitel. In einer kurzen Weile wird nichts übrig sein als eine kalte, öde Kugel, in eisige Schleier gehüllt, und ein paar seltsame Monumente, die bestimmte Zwecke erfüllt haben.

Ja.

(Er schien Bestätigung durch ihn zu suchen, ihn alle paar Momente zu bitten, daß zumindest er sich erinnern und sein Wissen weitergeben möge.)

Es gab einmal einen Planeten, dessen Bewohner ihn Yan nannten. Er war fruchtbar, lebensfreundlich, eine schöne Welt. Eine Spezies entwickelte sich, so erhaben über eure jämmerliche isolierte Individualität, daß ihr gar keine Vorstellung davon haben könnt ...

Sprich weiter. Oder hast du den Kontakt zu mir verloren?

Nein, ich habe nur noch nicht darüber nachgedacht. Ihr könnt euch *doch* eine Vorstellung davon machen. Und das ist es, was mich erschreckt.

Erschreckt?

Ja. Du bist ein Poet, wie Gregory Chart ein Künstler ist – war (aber nicht mehr sein wird, weil er seine Persönlichkeit verliert). Es gibt eine Verständigungsweise zwischen euch, die ähnlich der meiner – unserer Spezies ist, die jedoch nicht die Herrschaft über euch zu erlangen vermag. Ich sterbe, denn während eure Träume euch nur locken, hatten meine – unsere – eine treibende Macht über uns.

Ich glaube, das kann ich verstehen.

Ja, ich glaube auch. Und weil du es verstehst, ist es nur richtig, daß ihr isolierten, einsamen, getrennten Stückchen Protoplasma das tun sollt, was ich – wir – nicht vermochten.

Wäre es im Bereich seiner Möglichkeit gelegen, hätte der Planet um Erbarmen gefleht. Seine Rinde schlitterte über seinen Kern, sein Magma schoß empor wie Blut aus einer

Arterie, seine letzten noch lebenden Bewohner kämpften um ihren Atem. Auf seiner gepeinigten Oberfläche wogte eine von Menschen errichtete Schutzkuppel wie Schaum auf einem Wildbach. Der Smor war längst unter Schutt und Leichen erstickt. Ein Fernsehauge nach dem anderen fiel aus, als Geröllawinen sie verschütteten oder Erdspalten sie verschluckten. Prell war seinen Vorgängern unter dem Wasser gefolgt.

Der Traum zerbrach dich.

Weil unser Traum-Ich – Wir – nie gegen die rauhe Wirklichkeit der Materie und Energie anzukämpfen hatte. Verstehst du?

Ja. Für dich, der du die Summe der unteren Spinalganglien einer Multimillionenspezies warst, stellte das Universum lediglich ein Konzept dar, mit dem du spielen konntest. Für das Überleben sorgten deine einzelnen Glieder. Genau für die Arbeit. Und die Vermehrung. In anderen Worten ...

Denk es ruhig. Mich kann nichts mehr verletzen. Ich bin reduziert zu einer Serie von Resonanzen in den schlecht aufeinander abgestimmten Stromkreisen eines irdischen Computers und einem Verbindungspunkt mit eurer Spezies: dem erlöschenden Gehirn eines ehemals großen Künstlers, den ich mit meiner eigenen Vision infizierte – und ausbrannte, wie ich die Opfer meiner früheren grandiosen Ambition ausbrannte.

Du sagst – denkst nicht länger als ich – wir.

Es gibt kein »Wir« mehr. Das bißchen Sauerstoff in der Atmosphäre Yans, das den großen Weltenbrand überstanden hat, wird bald als Schnee auf seine kalten Felsen herabrieseln. Wir befinden uns jetzt ein halbes Lichtjahr von der Sonne entfernt, die ihm einst das Leben schenkte. Vollende den Gedanken, der dich bewegt.

Dein Geist ist krank.

Wenn geistige Gesundheit darin besteht, zu tun, was das Universum gestattet – dann hast du recht.

Das letzte der Fernsehaugen war nun ausgefallen. Der Informat meldete sich wieder.

»Es ist jetzt erforderlich, auf Überlebensmodus zu schalten. Es besteht kein Grund zur Besorgnis. Für ausreichende Verpflegung und Schutzausrüstung ist gesorgt.«

Dr. Lem zitterte am ganzen Körper, als sei er dem Tod nur um Haaresbreite entgangen und habe es erst erkannt, als die Gefahr vorüber war. Seine Zähne klapperten, und seine Augen tränten. Kaum vermochte er Marcs sich am Boden windenden Körper wahrzunehmen. Seltsamerweise hatte sich keiner der Sanitätsautomaten um ihn bemüht.

Ist es denn nichts, einen Traum gehabt zu haben?

Es ist nichts, selbst zu diesem Traum geworden zu sein. Und nicht einmal ein Traum in mir selbst. Ich bin das verklingende Echo in den Stromkreisen eines Computers, der nicht für die Wiedergabe meiner Art von Bewußtsein geschaffen und auch kaum dafür geeignet ist. Gäbe es nicht noch die minimale Gehirntätigkeit Gregory Charts, wäre ich längst ...

Schweigen.

Marc setzte sich mühsam auf. Jeder Knochen schmerzte, als habe man ihn durch eine Mangel gedreht. Er hörte Dr. Lem seinen Namen rufen.

Er konnte nicht anders, als seinen Kopf in die Hände legen und weinen – um Shyalee, den Dramaturgisten Yans, die Mutine Epik und um den Traum, der zum Träumer wurde und der zu existieren aufhörte, als die Zeit zum Aufwachen kam.

Eine Stimme meldete: »Störungen an Bord von Gregory Charts Schiff haben zulässigen Prozentsatz überschritten. Das automatische Überlebensprogramm hat übernommen. Notrufe werden ausgestrahlt.«

»Marc?« fragte Dr. Lem leise.

Marc blickte ihn an und sah, daß er weißer als Papier war. »Es war ähnlich dem, was Chart auf Hyrax tat«, murmelte er. »Es war ein Traum. Er ging zu Ende und mußte bezahlt werden. Nur diesmal wußte der Träumer, daß er träumte, und er war imstande, während dieses Traums zu planen, wie er die Bezahlung umgehen könnte.«

»Das verstehe ich nicht«, murmelte Dr. Lem verwirrt.

»Ich auch nicht«, gestand Marc. Er berührte seine Wangen. Sie waren naß. Er betrachtete die kleinen glitzernden Tropfen, die nun an seinen Fingerspitzen hingen, und sie kamen ihm schrecklich komisch vor. Er begann zu lachen. Nach einer Weile stimmte Dr. Lem mit seinem hohen alten Männerlachen ein, hysterisch vor Erleichterung, daß er schließlich doch nicht Bestandteil des Traums geworden war, der jetzt sein Ende gefunden hatte.

XXI

»Sie kennen Marc besser als ich oder die Automatiken. Ist es in Ordnung?« fragte Trita Garsanova, diese ungewöhnliche Frau, die Hilfe und Trost von Großmutter Erde über die Parsek hinweggebracht hatte, als niemand auf Yan damit rechnete.

Dr. Lem warf einen besorgten Blick in Marcs Richtung. Er schien völlig ruhig zu sein – aber natürlich hatte er einen Schock erlitten, als der Planet Yan starb – auseinandergerissen von seinem inneren Feuer und dann in der Leere des interstellaren Raums gefroren, als Ergebnis freigewordener Kräfte, welche die Menschen, wie sie zugaben, nicht mehr kontrollieren konnten. Und von jenen, die diesen Kräften am unmittelbarsten ausgesetzt gewesen waren, würden zumindest zwei sich aller Wahrscheinlichkeit nach nicht mehr erholen. Sowohl Gregory Chart als auch Morag Feng waren dem Irrsinn verfallen.

»Wir machen uns große Sorgen«, flüsterte die Garsanova. »Er war gefühlsmäßig sehr an die Yans gebunden.«

»Wie Chart?«

»O nein, ganz im Gegenteil! Für Chart gab es nur Chart.

Er wollte lediglich seinen Ehrgeiz befriedigen, wollte von der ganzen Menschheit bewundert werden, als er unsere natürlichen Grenzen überschritten und den geistigen Bereich einer Fremdrasse erobert hatte, wie er glaubte. Als er dann feststellen mußte, daß er im Gegenteil von ihr benutzt wurde ... Aber Marc ist anders.«

»Ja.« Dr. Lem nickte. »Marc ist anders.«

Und ungefähr im gleichen Moment dachte Marc: »Ah, aber natürlich, ich bin auf der Erde!«

Es schien, als habe er sich vor einem Augenblick, nach einer Spanne von Nichtzeit, nach einem unbedeutenden Intervall, wieder mit seiner physischen Persönlichkeit verbunden. Er versuchte, seine Verwirrung nicht zu zeigen, während er sich zu erinnern bemühte. Eine Go-Board-Wanderung? Logisch, ja. Wie wäre er sonst zur Erde gekommen?

Aber er befand sich nicht nur auf der Erde, sondern sogar im Sitzungssaal des Obersten Planetaren Senats. Dieser Tatsache war er sich vage bewußt. Aber so, als hätte ihm das jemand mitgeteilt, den er nicht sonderlich gut kannte, und dem er nicht recht traute. Innerlich immer noch verwirrt, betrachtete er die hohe Halle und die Anwesenden aller Hautfarben in ihren unterschiedlichen Gewändern. Jeder von ihnen saß an einem Informatpult, das darauf zu warten schien, neue Daten zu speichern. Es war, als schlösse man sie alle zusammen zu einem kollektiven – Organismus?

»Hallo, Marc«, grüßte ihn eine unhörbare Stimme, tief in seinem Gehirn, auf einer Ebene, die er nicht bewußt unter seiner Kontrolle hatte.

Aber es war eine vertraute Stimme. Sie erinnerte ihn an einen schlanken, graziösen, an ihn geschmiegten Körper, an kinästhetische und taktile Signale und einen Duft wie der Nachtwind, der durch die Obstbäume von Rhee streift.

Er spürte seinen Körper, die irdische Kleidung, die Schwerkraft der Erde, die ihn auf seinen weichgepolsterten

Sitz drückte, der nur einer in einer ganzen Reihe war, auf dem Menschen wie er den Ausschußmitgliedern unter einer dem irdischen Sonnenlicht nachgeahmten Deckenbeleuchtung gegenübersaßen. Es war beruhigend, von all den alten rassisch vertrauten Symbolen umgeben zu sein. So ungemein beruhigend, daß er nicht zögerte zu antworten. »Hallo.«

»Du weißt, wer ich bin. Wenn du mich doch mehr lieben könntest als Shyalee ...?«

Aber sie war nur noch ein paar Gebeine, vom Feuer angesengt und dann gefroren. Er verneinte.

»Sie war nie du. Selbst im Sterben, als ihr Bewußtsein durch *Sheyashrim* verdrängt war, war sie nicht du.«

»Dann definiere mich.«

»Du bist das bißchen des Traums von Yan, das den Untergang der Rasse überlebte, die dich schuf, und das, was nach dem unerträglichen Druck des Sternenschiff-Computers, der dich abstieß, noch davon übrigblieb – und das jetzt die Instinktvorteile einer anderen Rasse ertragen muß.«

Der – konnte man wirklich noch diese Bezeichnung verwenden? Ja, es war zwangsläufig – Dramaturgist sagte: »Auch Chart. Er war arrogant und versuchte, gegen mich anzukämpfen. Er hatte die Absicht gehabt, die Yans als Sprungbrett für seine eigenen Ambitionen zu benutzen. Du bist demütig. Du bist der größere Künstler.«

»Unsinn!« widersprach Marc lautlos. »Lediglich jünger. Bedeutet das Alter dir denn gar nichts?«

Eine kurze Pause entstand, während derer Marc bemerkte, daß einer der Männer, der mitgeholfen hatte, die Daten über Yans Schicksal zu koordinieren, eine vorbereitete Rede hielt. Er beachtete sie nicht. Etwas in seinem Gehirn übertönte sie.

»Doch«, sagte der Dramaturgist abrupt. »Das Verhältnis ist allerdings anders. Du verstehst doch, was Chart ursprünglich übersehen hat, nämlich die logische Erklärung für den tausend Jahre langen Stillstand der Yans?«

»Ich habe mich mit Dr. Lem darüber unterhalten. Er spürte es instinktiv vom Augenblick an, als er nach Yan kam. Erschöpfung.« Hastig fügte er hinzu: »Was ich und so viele andere als Erfüllung, als Vollendung angesehen hatten.«

»In gewisser Weise war es das auch – aber Erschöpfung liegt näher. Superorganismus oder nicht, ich – wir – waren abgespannt. Es ist unnötig, zu bedauern, daß ich – wir – starben.«

»?«

»Aber natürlich. Nur deine Erinnerung daran, was ich – wir – waren, hat überlebt. Ich fand etwas sehr Bedeutendes in deinem Geist. Höre!« Als würde ein Band abgespielt, vernahm er noch einmal sein Gespräch mit Dr. Lem, als sie sich über eine Kette der Verständigung unterhalten hatten, die schließlich einmal alle intelligenten Spezies des Universums miteinander verbinden würde. Wie ein Kollier funkelte es ganz kurz in seinem Gehirn, und jeder Edelstein davon glitzerte greller als der Mutineblitz. Fast hätte er laut aufgeschrien.

Doch plötzlich verdunkelte Melancholie die Vision, und er erkannte, warum. Bestimmte Spezies waren verdammt. Sie würden nie erfahren, ob diese Vision eine Chance hatte, wahr zu werden.

»Ich bitte nun Marc Simon, seine subjektive Analyse ...«

»Ich fühlte, daß du erkennst, warum der Planet sterben mußte. Aber wirst du das auch ihnen klarmachen können?«

»Das hängt nicht von mir ab, sondern von dir.«

Er hatte sich bereits erhoben und musterte die ernsten Gesichter, die ihm entgegenblickten. Lauter Fremde. Aber sie alle waren Personifizierungen der tröstenden Großmutter Erde: isoliert, vielleicht dumm, bestimmt unsensibel und zweifellos neugierige Affen, und nun beunruhigt, weil sie über eine Kreatur gehört hatten, für welche das Versetzen von Himmelskörpern aus ihrer Kreisbahn nicht mehr als nur eine Willensanstrengung bedeutete, so wie ein Mensch vielleicht einen schweren Stein hebt.

Und nun lag es an ihm, ihnen nicht nur verständlich zu machen, was an dieser Einstellung dem Universum gegenüber falsch war, sondern auch, was – in gewisser Weise – richtig daran gewesen war. – Er begann zu sprechen.

Es war seine Stimme, die im Saal ertönte, aber es war nicht sein Geist, der die Worte formte. Er lauschte, wie alle anderen auch – obwohl nur er die Bewegung der Zunge und Lippen spürte und das Merkwürdige am Atemholenmüssen (Shyalee, die ihre Küsse nicht zu unterbrechen brauchte) ...

»Das wirkliche Problem war«, hörte er sich selbst sagen, »daß es nur eine Intelligenz auf Yan gab. Und ein einzelnes Bewußtsein ist ganz einfach nicht variabel genug, um es mit dem Universum aufzunehmen.«

Köpfe nickten. Die Datenverarbeitungsmaschinen, welche die Menschheit als Prothesen verwendeten, um ihre eigenen, nicht unfehlbaren Gedankenschlüsse zu untermauern, hatten vermutlich bereits Derartiges angedeutet, genau wie der Informat auf Yan über das Wesen des *Shrimasheys* gewußt hatte und es jedem danach Fragenden auch mitgeteilt hätte, wären gerade diese Daten nicht so geschickt blockiert gewesen.

»Vor zehntausend Jahren hatte diese Intelligenz, auf ihre eigenen Mittel beschränkt, die Möglichkeiten ihres Planeten erschöpft und wollte deshalb die heimatliche Galaxis erforschen. Sie hatte Yan so behandelt wie ein Mensch sein Heim – mit anderen Worten: Sie veränderte den Planeten, bis er ihren Wunschvorstellungen entsprach. Sie hatte ein Teleskop entwickelt, aber die Technik, die uns zu den Sternschiffen und zum Go-Board brachte, gehört einer Wissenschaft an, die sie nicht entdeckte. Um die Sterne zu erreichen, vermochte sie sich kein anderes Transportmittel vorzustellen als ihren eigenen Planeten, und als Antrieb dafür fiel ihr nichts anderes ein als die Umwandlung der kinetischen Energie des Mondes in Schubkraft.

Um den Individuen ihrer Spezies die geplante Reise überleben zu helfen, beschränkte sie deren Charakteristiken, opferte ihre Phantasie und Initiative zugunsten eines völlig stabilen, absolut selbstregulierenden Reflexprozesses, ideal, solange die Ziele der Rasse denen der Individuen um so weit vorauslagen, daß letztere entbehrlich waren. Doch dann zerbarst der Mond.

Die kinetische Energie, die den Planeten aus seinem Sonnensystem hätte katapultieren sollen, leistete nicht mehr, als Erdbeben und Flutwellen hervorzurufen und einen Ring um den Planeten zu bilden.

Der Schock, den dieses Erlebnis auslöste, äußerte sich in dem, was wir Menschen als Amnesie bezeichnen würden. Der Yan, Einzahl – denn er war ja eine weltweite Wesenheit – wurde sozusagen bewußtlos. Seine Komponenten faßten das, woran sie sich zu erinnern vermochten, in einem obskuren Epos zusammen, aber sie vermochten nicht einmal mehr die Daten, die im Mutineblitz komprimiert waren, zu interpretieren. Diese Daten waren eigentlich Notizen, ähnlich zusammengestellt wie ein Mensch sich Stichwörter aufschreiben oder einen Computer programmieren würde, ehe er sich an eine besonders komplexe und schwierige Aufgabe heranwagte, also Notizen, die ihm in jeder Phase nicht allein Anweisungen geben würden, was als nächstes zu tun sei, sondern auch aufzeigten, was bisher getan worden war.

Doch das Schema im Mutineblitz war ein ebenso bewußter Prozeß wie die Neuralströme im Gehirn. Es wurde frustriert und begann von allein nach einem Weg zu suchen, um seine Mission zu erfüllen. Es fand mich, als ich das unbedachte Risiko auf mich nahm, den Blitz vom Innern der Mandala aus zu beobachten. Und es fand auch Morag Feng und durch sie Gregory Chart.

Bis das Bewußtsein des Yans wieder voll funktionierte, hatten sich inzwischen schon seit geraumer Zeit Menschen auf dem Planeten angesiedelt. Und sowohl Menschen als auch deren Gerätschaften, wie der in Charts Schiff eingebaute Computer von Tubalcain, befaßten sich mit Konzepten, die weit über seine Vorstellungskraft gingen. Er hätte sich, beispielsweise, nie das Go-Board vorstellen können. Nicht, weil er unfähig war, das physikalische Prinzip zu verstehen, sondern weil er sich die Verteilung seiner einzelnen Komponenten auf den Planeten von zahllosen verschiedenen Sonnen nicht auszumalen vermochte.

Und doch konnte er den Gedanken nicht ertragen, daß diese Söhne von Uraffen ihm im wesentlichen überlegen sein könnten. Er wollte ihnen durch eine grandiose Geste imponieren. Leider hatte er keine große, beziehungsweise überhaupt keine Auswahl in seinem Repertoire, und sie schlug fehl. Sie könnten es mit dem vergleichen, was Chart auf Hyrax tat. Ein Traum wurde ins Leben gerufen, aber er mußte mit einem Erwachen in der Wirklichkeit enden. Und die reale Welt wirkte entgegen. Die Naturgesetze erlaubten es nicht, den Planeten Yan durch den Nullraum zu einer anderen Sonne zu schießen. Der Planet zerbrach.

Warum sah der Yan das nicht voraus? Vielleicht tat er es. Doch wenn nicht, so muß der Grund hierin liegen: Der Yan war nie ein Wissenschaftler gewesen. Er war ein Künstler. Er war das, was wir für das Verständnis der Mutine Epik erfanden – ein Dramaturgist, dessen alleinige Ambition es gewesen war, das ganze Universum in ein Kunstwerk zu verwandeln. Doch wenn es das überhaupt zu sein vermag, dann ist es das auch bereits, und wir können nichts weiter als seine Bewunderer sein.

Gleichgültig, ob der Yan schon von Anfang an gewußt hatte, daß sein Plan zum Scheitern verurteilt war, wir können jedenfalls sicher sein, daß er die Wahrheit zumindest erkannte, als das Ende unabwendbar wurde. Und da tat er etwas, das ich glücklicherweise nie werde tun müssen. Wir dürfen uns glücklich schätzen, wir Menschen, daß wir in unserem Sterben nicht vollständige Verantwortung tragen müssen. Wir wissen, das wir *sub specie aeternitatis* existieren – im Raum und in der Zeit –, denn wir leben in unseren Mitbrüdern und Nachkommen weiter.

Der Yan dagegen mußte unter der Last seines schrecklichen Fehlschlags entscheiden, ob es eine Erinnerung an ihn geben sollte oder nicht, und wenn ja, wie er sich ihrer versichern könnte. Bedenken Sie! Dessen muße er sich im Bruchteil einer Sekunde klarwerden!«

Eine eisige Kälte schien sich flüchtig der Anwesenden zu bemächtigen, als hätte Vater Zeit persönlich sie mit seinem verschmutzten, zerlumpten Gewand gestreift.

»Und er entschied sich für das Ja – vielleicht nur, um uns ein Beispiel zu geben, wenn einmal unsere Zeit kommt. ›Es ist eine große Galaxis‹, ist schon fast zum stehenden Ausdruck geworden – aber unsere Galaxis ist nur eine von unzähligen vielen, und eine Lebensspanne ist nichts weiter als ein Augenblick im Bestehen des Universums. Und doch läßt sich in dieser einen Lebenszeit Erstaunliches schaffen.

Der Yan hätte sich entscheiden können, daß keine Erinnerung an ihn bleiben solle. Er wollte gar nicht, daß man sich seiner erinnert, ja, daß man auch nur von ihm gehört hatte. Er war selbst nicht mehr als Gregory Chart, der auf zahllosen Planeten das Fundament für eine wahre Kultur zusammenflickte – aus Fetzchen und Bruchstücken, aus Witzen und Kinderliedern und aus Folklore. Und da mußte er, der Dramaturgist, feststellen, daß bereits ein Mensch von Millionen das getan hatte, wozu er selbst Jahrtausende benötigte.

Aber es war sein einziges Leben, und er ertrug es nicht, nach seinem Tod nichts dafür vorzuweisen zu haben. Selbst ein Mißerfolg, so dachte er sich, auf universumsweiter Basis sei besser, als für immer vergessen zu sein.

So erlebten wir zum erstenmal das Sterben einer ganzen Spezies. Sie war alt geworden. Sie hatte ihr Bestes getan, und sie wollte, daß man sich daran erinnterte. Und selbst wenn sie nun zu guter Letzt nichts hinterläßt als ein paar

Gedichte, so werden diese auf ihre Weise doch weiterbestehen.«

Er setzte sich wieder.

Eine ganze Weile herrschte Schweigen. Doch dann erhoben die Delegierten sich hinter ihren Pulten und verließen den Saal, und die Zeugen auf der Plattform folgten ihnen. Marc blieb in seinem Sessel. Eine eigenartige Müdigkeit hatte von ihm Besitz ergriffen. Es war ihm, als habe er lange eine schwere Last getragen, ohne sich bewußt gewesen zu sein, wie drückend sie war, bis er sie abgelegt hatte.

Schließlich bemerkte er, daß Dr. Lem ihn musterte. Er erhob sich und entschuldigte sich für seine Unhöflichkeit, aber der alte Mann wehrte ab.

»Es interessiert mich sehr«, sagte er, »wie jemand, so jung wie Sie, so genau versteht, was es heißt, alt zu sein.«

»Weil Yan alt war.«

»Ja, das war er ... Wenn man jedoch einmal versteht, wie es ist, als zu sein, ist man nie mehr in der Lage, das Gefühl, jung zu sein, zurückzubringen. Sind Sie sich dessen bewußt?«

»Ich glaube schon.«

»Und erfüllt es Sie mit Wehmut?«

»Nein. Ich fühle, daß ein Zweck dahintersteckt. Ich fühle, daß es einen Grund dafür gibt.«

»Na, na! Uns jedenfalls treibt nicht wie die Yans ein kollektives Überbewußtsein auf ein Ziel zu, das wir uns nicht vorzustellen vermögen ...«

Dr. Lem zögerte unter Marcs ruhigem Blick. Schließlich fragte er leise: »Oder doch?«

»Wenn es so ist«, murmelte Marc, »hoffe ich, daß weder Sie noch ich es je erfahren werden. Denn es könnte sich herausstellen, daß es sinnlos ist.«

»Ja«, flüsterte Dr. Lem, und seine Augen schienen in eine erschreckende Zukunft zu blicken. »Ja, das wäre natürlich möglich.«

»Einmal werden wir es erfahren«, erklärte Marc. »Und wenn es soweit ist, werde ich mich weigern, es zu hören.«

Er faßte Dr. Lem sanft am Arm und führte ihn zum Saal hinaus.

ENDE

SCIENCE FICTION
SPECIAL

Die Titel dieser Sonderreihe sprengen den Rahmen der „normalen" Unterhaltungs-SF. Werke vom revolutionären Denkmodell bis zur historischen Betrachtung der Literaturgattung Science Fiction findet hier der interessierte Leser.

Band 24 047

Alfred Bester

Alles oder Nichts

Deutsche Erstveröffentlichung

Rogue Winter, Chef der Maori-Kommandos Sternenhengst und Kosmos-Casanova, durchquert in einer atemberaubenden Irrfahrt das Sonnensystem auf der Suche nach seiner entführten Geliebten Demi Jeroux. Seine Reise führt ihn vom Paradies der fleischlichen Lüste bis hin zu den Folterkammern des Asteroiden Triton. Dabei landet Rogue Winter im Zentrum des Bösen und versinkt in einem Strudel aus Spionage, Piraterie, Erpressung und Mord . . .

BASTEI LÜBBE

Sie erhalten diesen Band im Buchhandel, bei Ihrem Zeitschriftenhändler sowie im Bahnhofsbuchhandel.